Christine Nöstlinger

Mama mia!

Mit Illustrationen von
Christiana Nöstlinger

Deutscher Taschenbuch Verlag

Von Christine Nöstlinger
sind als *dtv großdruck* im
Deutschen Taschenbuch Verlag erschienen:
Management by Mama (25177)
Mein Tagebuch (25214)
Haushaltsschnecken leben länger (25249)
Salut für Mama (25266)

Ungekürzte Ausgabe
Mai 2007
Deutscher Taschenbuch Verlag GmbH & Co. KG,
München
www.dtv.de

Umschlagkonzept: Balk & Brumshagen
Umschlagbild: Christiana Nöstlinger
Gesetzt aus der Stempel Garamond 13/16' (QuarkXPress)
Gesamtherstellung: Druckerei C. H. Beck, Nördlingen
Gedruckt auf säurefreiem, chlorfrei gebleichtem Papier
Printed in Germany · ISBN 978-3-423-25267-6

Inhalt

Wenn der Burli nicht will ...

Empfohlener Richtwert: eins zu fünf

2 Kübeln, 1 Kanister, 6 Sackeln …

Apfelstrudel wie Strumpfhose ...

Wenn der Burli nicht will...

Ganz anders als meine Mutter ...

Was wollen liebende Mütter ihren Töchtern nie antun? Natürlich das, worunter sie selbst als Kinder besonders gelitten haben!

Diesen Vorsatz hat auch Frau X. Die wurde von ihrer Mutter immer »runtergemacht«. Rein gar nichts hat ihr die Mutter zugetraut, dauernd hat sie ihr andere Kinder »vorgehalten«; daß sie sich an denen ein Beispiel nehmen soll! Zum »Versager« wurde sie gestempelt. Ewig hat sie gehört: »Dafür bist du zu ungeschickt, mit deinen zwei Linken!« Und: »Das Gymnasium schlag dir aus dem Kopf, das schaffst du nicht!« Angeblich wurde ihr sogar gesagt, daß sie wenig Charme habe und mit äußeren Vorzügen nicht gesegnet sei.

Ob es wirklich so gewesen ist, wer kann es wissen? Frau X. jedenfalls hat es so empfunden und sich dadurch minderwertig gefühlt und keinerlei Selbstbewußtsein entwickeln können. Und schon als Kind hat sie sich geschworen, es dereinst besser zu machen!

Nun hat Frau X. seit 15 Jahren eine Tochter und hält sich daran. Von klein auf hat sie ihre Tochter nie »runtergemacht«, immer »aufgebaut«. Stets hat die Tochter zu hören bekommen, daß sie hochintelligent sei, tüchtig, bildhübsch, geschickt, charmant und ... und ... und ...

Frau X. ist perfekt darin, ihrer Tochter alles zuzutrauen. Ist die Tochter verzagt, sagt sie ihr lachend: »Aber klar kannst du das! So ein tolles Mädel wie du! Wär doch gelacht!«

Und was sagt die Tochter? Die beklagt sich bitter. Sie fühlt sich von einer Mutter, die ihr »alles« zutraut, überfordert.

Sie sagt, daß sie die Erwartungen, die ihre Mutter in sie setzt, nie erfüllen könne. Die seien viel zu hoch! Dadurch fühle sie sich minderwertig und könne kein Selbstbewußtsein entwickeln.

Da führt also konträres mütterliches Verhalten zum gleichen negativen Ergebnis?

Schaut nur auf den ersten Blick so aus. Näher betrachtet führt sich Mama X. ja genauso auf – wie seinerzeit ihre Mutter, nämlich total »bestimmend und vereinnehmend«. Insofern, als sie es ihrer Tochter nicht gestattet, selbst herauszufinden und zu entscheiden, was sie kann und was nicht, wo ihre Vorzüge und ihre Mängel liegen, kurz: Wer sie ist!

Zuviel Lob kann genauso die Luft abdrücken wie zuviel Tadel. Will es Frau X. wirklich anders als ihre Mutter machen, müßte sie zuerst einmal lernen, sich taktvoll zurückzuhalten und Kommentare, Urteile und Zuspruch nur dann loszulassen, wenn sie darum gebeten wird.

Achtung, Miterzieher!

Es gibt eine Menschensorte, vor der ich – solange ich noch kleine Töchter hatte – panikartig flüchtete. Ich meine die »Miterzieher«. Da ich mit keinem Vertreter der Sorte näheren Kontakt hatte, weiß ich nicht, ob das kinderlose Leute sind, die irgendwo ihren Bedarf an Erziehung austoben, oder ob es sich da um Eltern handelt, die eigene Kinder so perfekt erzogen haben, daß sie meinen, hilflosen Mamas und Papas mit ihrem Erziehungstalent beistehen zu müssen. Wahrscheinlich sind beide Varianten möglich und, wie ich feststelle, noch immer nicht ausgestorben.

Da ist die Dame, die bei der Sandkiste steht und ein fremdes Kind rügt: »Pfuipfui, net geizig sein! Gib dem Mädi brav dein Schauferl!«

Da ist der Herr, der mit dem Zeigefinger vor den nassen Augen eines kleinen Buben wackelt und mahnt: »Aber, aber, ein Bub weint nicht!«

Gibt auch das Ehepaar, das einem Knirps tadelnd auf den prallen Popo tapscht und ruft:

»Bist sicher bald drei Jahr und hast noch eine Windel? Schäm di!«

Andere Miterzieher wenden sich nicht an das Kind, sondern an die Begleitperson. Meistens, wenn das Kind seinen eigenen Willen durchsetzen will, was – wie man weiß – mit Gebrüll verbunden ist. Da wird üblicherweise angeraten, dem Kind doch endlich eine Watschen zu geben.

Aber Miterzieher reden nicht nur, sie handeln auch. Da sitzt etwa ein Kind friedlich neben der Mama in der Straßenbahn, schleckt an einem Lolli. Dem Kind gegenüber sitzt eine Frau, lächelt dem Kind zu, grapscht nach dem Lolli, entwindet der Kinderfaust das Lolli-Stangerl und ruft schelmisch: »Mir g'hört's!«

Das war dann eine Lektion in »Teilen lernen«, und wenn das Kind zu plärren anfängt, kriegt es seinen Lolli eh zurück! Unlängst sah ich eben beschriebenen Vorfall wieder einmal. Bloß reagierte das Kind nicht mit Gebrüll, es saß bloß still da und schaute die Frau an.

»Du bist aber brav«, sagte die mit Honigstimme. »Schenkst mir den Lolli!«

Das Kind nickte.

»Nein, nein, kannst ihn eh wieder haben!« sagte die Frau und hielt dem Kind den Lolli hin. Das Kind schüttelte den Kopf und verbarg die Hände hinter dem Rücken. Die Frau wollte der Kindsmutter den Lolli überreichen, aber die lehnte auch ab, hob ihren Nachwuchs hoch und strebte dem Ausgang zu.

Die Frau saß da, mit dem tropfenden, klebrigen Lolli in der Hand, und in mir wuchs die Hoffnung, daß da ein Miterzieher »umerzogen« worden ist.

Zweierlei Bedürfnisse!

Falls Sie es noch nicht wissen sollten, liebe Leserinnen und Leser: ein Kind hat »Regelbedürfnisse« und »Sonderbedürfnisse«!

In der mehr oder minder intakten Familie, in der das Kind mit Vater und Mutter im gemeinsamen Haushalt lebt, nimmt man den gewaltigen Unterschied zwischen diesen zweierlei Bedürfnissen ja nicht speziell wahr. Liebe Eltern investieren in die Bedürfnisse des Nachwuchses ihren letzten Groschen und fragen nicht viel, ob sie da für einen Regel- oder einen Sonderfall gezahlt haben.

Und weniger liebe Eltern entscheiden gern mit: »Nein, das brauchst du nicht!« zugunsten ihrer eigenen Bedürfnisse, ohne darauf zu achten, ob sie nun einen Regel- oder einen Sonderwunsch des Kindes abschlagen.

Wird aber eine Ehe geschieden und können sich die Eltern nicht selbst gütlich einigen, wer in welchem Ausmaß das Kind zu »finanzieren« habe, wird das Gericht mit dieser Frage befaßt, und das hat dann zwischen »Regelbedürfnissen« und »Sonderbedürfnissen« fein säuberlich zu trennen, weil die Alimente eigentlich nur dazu da sind, die »Regelbedürfnisse« wie Essen, Kleidung, Schulkram, Spielzeug und kleinere Anschaffungen zu decken.

Was als »Sonderbedürfnis« gilt und wer dieses – von Fall zu Fall – zu bezahlen hat, muß dann vor Gericht ausgestritten werden.

Und wie man so hört, sind die Richter da oft verschiedener Meinung. Einer hält die Kosten des Schulskikurses für ein »Sonderbedürfnis« und meint, der Vater und Alimentezahler habe dafür extra aufzukommen.

Ein anderer meint, die Mutter habe sich von den Alimenten die nötige Summe für den Skikurs zusammenzusparen.

Und dies, obwohl in beiden Fällen die Väter gleich viel verdienen, die Alimente auch gleich hoch (oder niedrig) sind und die Mütter ebenfalls ein etwa gleiches Einkommen haben.

Ebenso unklar ist, ob Klavierunterricht, Urlaubsreisen, Zahnspangen und Reitunterricht zu den »Sonderbedürfnissen«, um die gestritten wird, zählen.

Eines dürfte allerdings klar sein: Ein Kind, das dauernd erleben muß, wie seine lieben Eltern wegen seines Skikurses, seiner Zahnspange, seiner Reitstunden, seiner Ferienreise und etlicher anderer Dinge auch noch zu Gericht gehen und streiten, muß sehr stabil sein, um nicht psychische Schäden zu bekommen, deren sich ein Kinderpsychologe anzunehmen hat.

Und die Kosten für diesen laufen dann garantiert unter »Sonderbedürfnis«!

Füttern verboten!

Mütter, deren Kinder ein Gewicht auf die Waage bringen, welches jeder Kinderarzt wohlwollend nickend zur Kenntnis nimmt, wissen ja gar nicht, wie dankbar sie diesen »idealgewichtigen« Knirpsen zu sein haben!

Mütter mit »untergewichtigen« Kindern haben auch kein schweres Los, denn die Zeiten, in denen man Müttern nachsagte, daß sie ihren Kindern ausreichende Nahrung vorenthalten, sind vorüber. Mutter eines »schlechten Essers« zu sein, ist kein Makel. Und Mutter eines Zwirnsfaden-Kindes zu sein, das unentwegt ißt, schon gar nicht! Da fragt höchstens jemand, ob's vielleicht an den Spulwürmern liegen könnte, aber wenn man das entrüstet ablehnt, hat sich die Sache erledigt!

Mutter eines dicken Kindes zu sein ist hingegen ein arges Los! An jedem Kilo kindlichem Übergewicht trägt die arme Mama weit schwerer als der rundliche Sprößling, denn jedermann schiebt ihr die ganze Verantwortung für die Speckablagerung zu.

Und da hilft es ihr auch gar nichts, sich auf zwei emsig »fütternde« Omis auszureden, die den Liebling heimlich mit Keksen und Schokolade versorgen, damit er nicht vom Fleische fällt und »was zum Zusetzen« hat, falls er krank werden sollte. Im Interesse ihres Kindes hat eine liebende Mutter eben auch den Kampf gegen zwei Omis durchzustehen! Basta! Und überhaupt: Wieso will denn das Kind dauernd essen? Was? Weil's ihm so schmeckt? Typische Mutterausrede!

Jeder Schmalspur-Psychologe weiß doch, daß Essen eine Ersatzhandlung sein kann! Wenn Kinder zu viel essen, tun sie das, um sich selber etwas Gutes zu tun! Weil ihnen sonst niemand etwas Gutes tut! Weil sie sich ungeliebt fühlen! Und wessen oberste Lebensaufgabe ist es, einem Kind zu vermitteln, daß es geliebt wird? Mütterliche Aufgabe ist das! Und daß die Mutter diesbezüglich ein völliger Versager ist, dafür ist schließlich das dicke Kind Beweis genug!

Das Dumme an der Sache ist aber, daß Kinder, die gern essen und denen das Essen auch »anschlägt«, leider sehr oft das Quantum an Liebe, das ihnen entgegengebracht wird, am Quantum der Nahrung messen, die ihnen zugestanden wird!

Simpler gesagt: Das Kind hält sich für ungeliebt, wenn man ihm das Essen in kleinen, kalorienarmen Portionen zuteilt!

Und wird – von wegen vermeintlicher Lieblosigkeit – noch hungriger! Und rennt zu den Omis, von denen es kalorienreiche Liebesbeweise en masse bekommt!

Wenn der Burli nicht will …

Unter einem »Haustyrannen« versteht man üblicherweise das erwachsene männliche Wesen, welches in seiner Funktion als Ehemann und Vater Frau wie Kinder terrorisiert. In der modernen Familie kann es aber durchaus sein, daß ein Winzling diese Rolle perfekt übernimmt.

Ich kenne da etwa einen »Burli«, kaum 90 cm hoch, der hat die gesamte Familie fest in seiner Patschhand. Wenn der Burli nicht will, dann geht gar nichts! Der Burli hat das mit einem einfachen Trick erreicht. Wenn er etwas nicht will, dann brüllt er. Aber nicht bloß ein bißchen. Burli brüllt, daß Trommelfelle kaputtgehen. Und er hat gute Lungenflügel. Die stehen das Irrsinnsgebrüll lang durch. Wie lang, weiß man nicht. Jedenfalls länger, als es anderer Leute Ohren aushalten!

Immer, wenn dem Burli etwas nicht paßt, brüllt er los und ist nicht zu stoppen. Weder durch die »sanfte Tour« der Mama noch durch die »strenge Methode« des Papas; auch nicht durch die »brutale Art«, zu der seine Geschwister neigen. Die haben dem Burli sogar schon einmal den Mund mit Leukoplast verklebt. Hat auch nichts genützt. Der Burli ist lediglich zwetschkenblau angelaufen (weil die Nasenlöcher in der Hektik der Handlung unter das Leukoplast gekommen sind), aber nach Entfernung der Klebestreifen hat er in doppelter Fußballstadion-Lautstärke weitergebrüllt!

So muß sich die Familie halt täglich vor jeglicher Planung von Aktivitäten fragen, ob der Burli damit auch einverstanden ist. Wählt der Papa für den Ausflug ein 80 km entferntes Ziel, plädiert die Mama vorsorglich für ein halb so weit gelegenes, denn nach 40 km im Auto – das weiß sie aus Erfahrung – fängt der Burli zu brüllen an! Und wenn man Mittagessen geht, vergewissert sich die ganze Familie vorher auf der Speisekarte, ob es auch wirklich Spaghetti gibt. Gibt's die nicht, pilgert man weiter, denn ein brüllender Burli nimmt sich im Restaurant nicht gut aus. Und wenn der Burli im Wohnzimmer Dreirad fahren will, dann muß der große Bruder das Puzzle vom Teppich räumen. Sonst beschwert sich wieder der Nachbar wegen dem Gebrüll beim Hausverwalter!

Aber bald wird es in der Burli-Familie anders werden. Papa, Mama und Geschwister wollen es nicht länger dulden. Schließlich haben sie ja auch gute Lungen! Heute haben sie beschlossen, daß »zurückgebrüllt« wird!

Um das in die Tat umzusetzen, suchen sie nur noch ein Haus in der Einschicht!

Bitte, bitte, nur ein Löfferl!

Mütter, deren Kinder »freudige Fresser« sind, wissen nicht, welch Glück sie haben. Die halten es für normal, daß ein Kind in den Mund schaufelt, was man ihm auf den Teller tut; egal, ob der Teller daheim auf dem Tisch steht oder auf einem Wirtshaustisch im In- oder Ausland. Zugegeben: Mütter besonders freudiger Fresser haben es auch nicht leicht. Sie müssen ewig den zweiten oder dritten Teller verweigern, um das Kind vor Fettsucht zu retten.

Aber das ist leichter getan, als ein unwilliges Kind zu bewegen, ein Minimum an Nahrung aufzunehmen. Das weiß jeder, der einmal mit vollem Löffel vor einem Kind saß, das zusammengekniffenen Mundes dem nahenden Löffel einen Stoß versetzt und die Löffelfracht an die Tapete schleudert.

In böser alter Zeit hat manche Mutter mit der Brutal-Methode gearbeitet: Nase zuhalten, das Kind kommt in Atemnot, reißt den Mund auf, der volle Löffel wird eingeschoben, gegen

den Obergaumen geklatscht, ein »Schluckreflex« entsteht, und die Löffelfracht rutscht die Speiseröhre hinunter.

Aber die »Steinzeit der Kindererziehung« ist vorbei, man greift nimmer zur Zwangssättigung, man arbeitet mit Tricks. Der sinnloseste ist der Lock-Trick: »Ham ham, gutes Pappi, hmmm! ...« Dann führt Mami den Löffel zu ihrem Mund und tut, als wolle sie die Köstlichkeit verzehren.

So ein Unfug! Jede »Zezn« fände es nur nett, wenn Mami den Teller leerfuttert, damit das nahrhafte Ungemach endlich aus der Welt ist.

Besser ist der Erzähl-Trick. Aber die Geschichte muß spannend sein. Ist sie es, reißen kleine Kinder nämlich nicht nur die Augen, sondern auch den Mund auf. Wenn man in dem Augenblick den Löffel einführt und den Erzählfluß nicht unterbricht, merkt das gespannt lauschende Kind gar nicht, daß es geschluckt hat!

Ich kenne eine Mutter, die ein nettes Abkommen getroffen hat: zwei Bissen – einmal Hoppe Reiter – zwei Bissen – einmal Hoppe Reiter ... Nein, kalt wird der Brei nicht! Da gibt es Teller, in die man heißes Wasser einfüllt, die halten den Brei ewig lang warm.

Da hat halt jede Mama ihren Spezial-Trick! Aber auch Mamas, die keinen finden, sollten nicht verzagen. Ich kenne einen Knaben, der hat als Kleinkind »überhaupt nix« gegessen, man hat ihm einen frühen, magersüchtigen Tod vorausgesagt. Nun, zehn Jahre später, ist er ein durch und durch gesunder »freudiger Fresser«, den seine Mama vor Übergewicht bewahren muß.

Dumme Gedanken!

Daß es auch die heutige Elterngeneration nicht schafft, mit der Sexualität der Jugendlichen »total locker« umzugehen, ist ja nicht weiter verwunderlich, denn die vielgerühmte-vielgescholtene »sexuelle Revolution der 68er Jahre« hat in Wirklichkeit die große Masse nie betroffen, sondern war nur Angelegenheit einer klitzekleinen Minderheit.

Trotzdem ist es einigermaßen erstaunlich, daß viele Eltern im Jahre 1994 nicht einmal bereit sind, ihre minderjährigen Töchter an einer sehr ehrenwerten Befragung über das Sexualwissen und das Sexualverhalten von jungen Mädchen teilnehmen zu lassen.

1800 Mädchen sollten zwecks »Bestandsaufnahme« befragt werden, 300 von ihnen bekamen dazu keine Einwilligung ihrer Eltern. Angeblich, weil die Mütter und die Väter befürchteten, ihre Töchter könnten dadurch auf »dumme Gedanken« kommen.

Wie stellt sich so ein ehrenwertes Elternpaar das eigentlich vor?

Na, also zuerst einmal halten sie ihr »Kinderl« für total naiv und kindlich und an Beziehungen zum anderen Geschlecht ohne jegliches Interesse. Ja, ja, die Töchter anderer Leute sind halt leider »frühreif«, aber »die unsere gottlob nicht!« Und so soll es auch möglichst lang bleiben!

Und wenn dem Kind nun jemand so viele »unanständige« Fragen stellen würde und das arme Mäderl wüßte darauf keine Antwort, obwohl es doch in Mathe und Chemie und Englisch immer eine Antwort weiß, dann könnte das Töchterl Informationsbedarf anmelden, und dann ...

Ja, was wäre denn dann, werte Eltern? Gar nichts wäre dann! Gut informiert sein heißt ja in diesem Fall nicht, Information in die Tat umsetzen zu wollen. Ob ein Mädchen »dazu« bereit ist – oder fälschlich meint, es zu sein –, hängt beileibe nicht von seinem diesbezüglichen Wissen ab.

Aber in der Praxis ist diese Frage ohnehin nicht von Belang, denn so unwissend und naiv, wie viele Eltern meinen, ist heutzutage kein Mädchen. Und die Mädchen, die daheim so tun, als wären sie es, mogeln das ihren Eltern nur vor.

Nicht aus Hinterhältigkeit, sondern weil sie gemerkt haben, daß weder mit der Mama noch mit dem Papa »darüber« zu reden ist und sie die Erwartungshaltung der Eltern erfüllen, wenn sie sich »unwissend« stellen.

Ohne verunsicherte Eltern beleidigen zu wollen, aber wer sich da »dumme Gedanken« macht, sind ganz sicher nicht die Kinder!

Wie ausgewechselt!

Es ist erstaunlich, wie oft Mütter erzählen, daß Sohn oder Tochter »plötzlich wie ausgewechselt« sei. Diese »Auswechslung« fand stets vom Positiven zum Negativen statt, und immer ist ein böser Mensch daran schuld, dem das Kind »total verfiel«.

Da ist die Mutter, die eine einsichtige, liebenswert-liebenswürdige Tochter hatte, bis dieser Kerl kam! Kaum währte die Beziehung drei Wochen, war die Tochter »wie ausgewechselt«, hörte nur mehr auf den Kerl, war keinem Argument zugängig und warf der Mutter Worte an den Kopf, die ihr früher nie über die Lippen gekommen wären! Und da ist die Mutter, die einen Prachtsohn hatte, bis er diese Frau traf, »wie ausgewechselt« war, auszog und den Kontakt zur Mutter abbrach.

Hört man solche Geschichten, denkt man: Sollte das so sein, müßten diese Kinder diabolischen Verführern auf den Leim gegangen sein! Aber derartige Typen sind rar, die gibt es seltener als solche Geschichten. So hurtig ändert sich niemand; selbst wenn es da jemanden gibt, der das Kind gegen die Mutter »aufhetzt«. War das Verhältnis zwischen Mutter und Kind gut, mag es sich durch Konflikt trüben, aber sich nicht von einer Seite in Abneigung oder gar Haß wandeln. »Wie ausgewechselt« erscheinen Menschen nur, wenn man sie durch die rosarote Brille sah und dann gezwungen ist, die Brille abzunehmen. Man hatte Illusionen, die müßte man aufgeben. Weil Mütter sich aber vom idealen Bild, das sie von ihrem Kind haben, schwer trennen, suchen sie jemanden, auf den die Schuld zu schieben ist. Ist ja unmöglich, daß man sein Kind falsch gesehen hat! Nein, nein, die böse Frau, der böse Mann haben es »ausgewechselt«! Und falls Sohn oder Tochter der Mutter dann im Streit vorhält: »Du liebst mich nicht ...«, mag daran ein Hauch Wahrheit sein. Denn geliebt wurde da nicht ein Kind, wie es ist, samt allen negativen Eigenschaften, sondern das »edle Bild«, das man von ihm gemalt hat.

Da hilft nur: Tief Luft holen, sich das Bild vornehmen und alle verschönernden Retuschen, die man im Laufe der Jahre angebracht hat, tilgen. Das Bild, das man dann erhält, mag weniger schön sein, aber nach dem ersten Schreck auch liebenswert. Die meisten Kinder werden es der Mutter danken, und der Versöhnung ist der Weg bereitet. Zu hoffen, daß das Kind Einsehen habe und sich wieder ins »edle Bild« füge, das man gern von ihm hätte, bringt jedenfalls gar nichts!

Ein brauchbares Argument!

Über die Dauer »verantwortlicher Elternschaft« sind Väter und Mütter oft verschiedener Meinung. Mütter sehen die Aufgabe eher zeitlich unbegrenzt, Väter meinen, daß erwachsene Kinder auf eigenen Beinen »stehen« sollten, statt selbige unter ihren Tisch zu »strecken«. So fragen sie manchmal an, ob der Sproß nicht daran denke, eine eigene Wohnung zu suchen. Das kränkt ein Mutterherz! Aber einfach erwidern, man wolle sein Kind noch lang – wenn's leicht ging, lebenslänglich – um sich haben, sollte die kluge Frau nicht. Ihr Mann würde es dahingehend interpretieren, daß sie dem »Leben zu zweit« nichts abgewinnen kann, daß sie lieber des mündigen Kindes harrt, um dem einen Imbiß zu kredenzen, als mit ihm zum Heurigen zu gehen, daß sie lieber des Kindes Sorgen lauscht als seinen. Kurz: Er käme zur vielleicht richtigen, aber partnerschaftstrübenden Ansicht: Sie liebt ihr Kind mehr als mich!

Um diesem Verdacht zu entgehen, sollte man nicht mit Gefühlen, sondern mit guten Gründen argumentieren, die gegen die eigene Wohnung sprechen. Einer der besten wäre der Schwund von Hab und Gut, der im Hausstand einkehrt, wenn Kinder ihren eigenen gründen. Kein Vater ahnt, was er alles entbehren wird, wenn das Kind aus dem Haus ist. Man kann von einem jungen Menschen ja nicht erwarten, daß er total »im Standard sinkt«, und da er zu wenig verdient, um sich anzuschaffen, woran er gewohnt ist, muß er es von den Eltern holen. Skrupel hat er dabei keine, er sah sich schließlich bis zum Auszug als »Mitbesitzer« der Dinge. Zudem hat er oft den Vorsatz, Annektiertes zu retournieren. Aber das Jungvolk hat an Wichtigeres zu denken als an kleinkarierte Rückgabe materiellen Gutes.

Väter, die darauf aus sind, Nagelschere, Spaghettitopf, Reisetasche, Bohrmaschine, Kamera, Suppenteller und Rasierspiegel zu behalten, sollten auch den Nachwuchs behalten! Zieht der aus, wandert das alles – und noch mehr – hinter ihm her und kommt – im Gegensatz zum Nachwuchs – nicht einmal mehr auf

Besuch! Als Warnung diene jener Vater, der nie mehr hausgemachte Torte kriegt, weil sich alle Backform-Böden bei der Tochter befinden. Die wanderten als Transportstütze unter halben Torten dorthin. Ihre Wiederkehr wird von der Tochter wöchentlich einmal versprochen, steht bislang aber aus. Und so gibt's halt für den Vater keine Torte. Das hat er jetzt davon, daß er – gegen den Willen der Mutter – das Kind zum Ausziehen animierte!

Zeugnistag!

Kurz vor Schulschluß ist es wieder fällig, von der »Zeugnisangst« zu schreiben. Die ist leider immer noch nicht ausgerottet, obwohl es absurd ist, daß Kinder vor dem »Zeugnistag« zittern. An dem Tag erfahren sie ja nichts Neues. Ihre Eltern auch nicht. Da kriegen Eltern wie Kinder nur schwarz auf weiß (also eher tintenblau auf blaßgrün), was sie seit Wochen wissen.

Es gibt keinen Schüler, der nicht wüßte, welche Noten ihm der Klassenvorstand ins Zeugnis eintragen wird! Eltern sind von der Schule auch informiert, so ihre Kinder ein »nicht genügend« zu erwarten haben. Eltern könnten von Kindern höchstens – aber nur, wenn sie den Sprechtag geschwänzt haben – in diesem oder jenem Gegenstand ein »gut« statt einem »befriedigend«, ein »befriedigend« statt einem »genügend« in Aussicht gestellt worden sein. Doch solch kleine, gemogelte Notendifferenz kann kaum Anlaß sein, daß Kinder in Panik ge-

raten, ausreißen, Selbstmordgedanken haben und ein paar von ihnen diese Gedanken zur schrecklichen Tat werden lassen.

Angst vor dem »großen Krach« und der »fürchterlichen Strafe«, das »Sich-nicht-mehr-heim-Trauen«, wäre eher für den Tag zu erwarten, an dem der Brief von der Schule kommt. Oder für den Tag, wo die Eltern beim Klassenvorstand vorsprechen und ihnen spätestens hier klar wird, daß ihr Kind die Klasse wiederholen muß oder eine Nachprüfung kriegt.

Was bewirkt also die sogenannte »Kurzschlußhandlung« von den Kindern am Zeugnistag, wenn »alles längst gelaufen« ist, wenn – so es die Eltern schon für nötig befanden – Krach und Strafe erledigt sein müßten? Es kann nur daran liegen, daß viele Kinder völlig verunsichert sind, daß sie sich mit ihren Eltern nicht auskennen, daß sie nicht wissen, wann die wie reagieren, was deren Unmut hervorruft, wovon er ausgelöst wird, ob väterliche Wut beim Anblick des »grünen Wischs« wieder entflammt, vielleicht doppelt so arg! Ob es bei den Ohrfeigen vom Tag, an dem der Brief kam, bleibt? Oder ob erst am letzten Schultag »abgerechnet« wird?

Es gibt leider nicht wenige Eltern, die meinen, es diene der Erziehung, Kinder gehörig »zittern« zu lassen, nach dem Motto: »Schad't nix, wenn s' Angst haben, spuren s' besser!« Möge denen, die so erziehen, erspart bleiben, in den nächsten Tagen das Foto ihres Kindes in einer Zeitung zu sehen und darunter den rührenden Text: »Komm bitte heim! Du hast keinerlei Strafe zu erwarten!«

Noch viel ärger?

Man hört oft, daß es ein unerhört traurigtristes Los sei, als Einzelkind aufzuwachsen. An dieser Behauptung mag ja wirklich was dran sein, aber »aus bestinformierten Kinderkreisen« wurde mir zugetragen, daß es noch ein wesentlich traurigeres, tristeres Los sei, als Kind von zwei Einzelkindern in die Welt gesetzt zu werden.

Der belesene Laien-Psychologe könnte ja nun wähnen, die Problematik der Kinder von Einzelkindern liege darin, daß ihre Eltern die »häusliche Star-Rolle«, die dem Einzelkind üblicherweise zufällt, bis ins Erwachsenenalter beibehalten, sie nicht einmal als Papa und Mama ablegen und daher zur selbstlosen, aufopfernden Elternschaft nur mangelhaft geeignet seien.

Derb ausgedrückt: Weil sie als Kinder nie gelernt haben, zu teilen und zu verzichten, fressen sie noch als Eltern ihren Kindern den Schoko-Pudding weg!

Nun, solche Eltern mag es hin und wieder geben, aber darum geht es nicht. Es geht darum, daß die Kinder von Einzelkindern überhaupt keine Onkel und Tanten haben!

Und das bedeutet in den meisten Fällen – abgesehen vom Mangel an liebenswerten Bezugspersonen und positiven Vorbildern – auch eine ganz gewaltige Einbuße an kindlichem Lebensstandard.

Nehmen wir zum Beispiel das Osterfest: Zu einem Einzelkinder-Kind kommen im Höchstfall drei Osterhasen; ein elterlicher, zwei großelterliche. Bei einem Kind hingegen, dem die Zeugungsfreude der Großeltern viele Onkel und Tanten beschert hat, stehen Osterhasen in Spendierhosen Schlange.

Besondere Glücksfälle sind da natürlich die Onkel und Tanten, die selbst keinen Nachwuchs haben und ihr Quantum an Kinderliebe bei Nichten und Neffen abarbeiten.

Da kann der »Standard« eines Kindes in der sozialen Hierarchie direkt von der Basis an die Spitze klettern.

Wo vier Tanten und drei Onkel die modische Bekleidung eines Kindes mitfinanzieren, können geschwisterlose Papas und Mamas wirklich nicht »mithalten«.

Dazu kommt noch, daß Onkel und Tanten meistens keinerlei erzieherische Verpflichtung fühlen, ein elterliches »Das brauchst du nicht!« augenzwinkernd mißachten und gern Wünsche erfüllen, die Papa und Mama ablehnten.

Einziger Ausgleich für Einzelkinder-Kinder: Sie haben Großeltern, die ihnen nicht nur ihre ganze Zuneigung, sondern auch ihre gesamte »Sponsor-Tätigkeit« ungeteilt zukommen lassen können.

Lebendige Spielgefährten

Kinder früherer Zeiten hatten's schwer. Ihre Mamas verstanden nichts von kindlichen Seelen; woran die aber kein Eigenverschulden traf, denn kinderpsychologische Erkenntnisse waren damals noch nicht in jeder Frauenzeitschrift zu lesen. Heutzutage ist dies aber längst der Fall, und so wissen alle einsichtigen Mamas, daß Kinder »von Natur aus Chaoten sind«!

Knirpse haben eben ein anderes Verhältnis zur Ordnung als Erwachsene. In einem einfühlsamen Artikel las ich das so: »Das Chaos, das Kinder um sich herum haben, ist für sie ein lebendiger Spielgefährte.«

Woraus die Autorin folgert, daß man Kinder nicht zum Aufräumen drängen oder gar zwingen sollte. Der Ordnungssinn, tröstet sie, komme dann später ganz von allein.

Nun, Kinder zum Aufräumen drängen oder zwingen sollte man wirklich nicht. Allein schon deswegen, weil man sich nur den Mund fusselig redet, gereizte Stimmung erzeugt, aber keinen Erfolg hat. Auf den tröstenden Hinweis jedoch, daß später dann der Ordnungssinn von allein komme, sollte man nicht bauen.

Man hat schließlich schon eine Generation Kinder in dieser Hoffnung großgezogen, aber unzählige Mütter stehen Tag für Tag in Gemächern erwachsener Kinder und staunen darüber, daß das 25jährige Bubi oder das gleichaltrige Mädi noch immer so viele »lebendige Spielgefährten« hat.

Und was für welche! Leere Cola-Dosen, volle Aschenbecher, benutzte Kaffeetassen, Staub und Altpapier. Und nach wie vor stellen sie ihren »lebendigen Spielgefährten« die ganze elterliche Wohnung zur Verfügung. Speziell das Badezimmer. Besonders gern hinterlassen sie da Spielgefährten, für die mir nur der Ausdruck »Textil-Krapfen« einfällt.

Selbige entstehen, wenn jemand zu müde oder zu faul ist, Kleidungsstück um Kleidungsstück einzeln vom Körper zu entfernen, sondern sich des Textilen mit zwei Handgriffen entledigt; einen von der Taille abwärts, einen von der Taille aufwärts. Wodurch der eine auf dem Boden lagernde »Krapfen« (wenn wir von einem Mädi ausgehen) aus Strumpfhose, Hose und Unterhose besteht, der andere aus BH, Pulli, Bluse und Hemderl. Der Unterschied zu frühen Kindertagen liegt allerdings darin, daß die Mama nun alle »lebendigen Spielgefährten« ruhig schlachten darf.

Heißt: in Einzelteile zerlegen, waschen, bügeln und im Kasten stapeln, damit Bubi und Mädi alle seine »Spielgefährten« wieder findet.

Mutterauge: kurzsichtig – weitsichtig!

Hört man Mamas zu, die von ihren Kindern erzählen, kommt man aus dem Staunen nicht heraus, falls man diese Kinder kennt. Da sieht die Mama den Knirps, den man für »geistig träge« hält, als »hochintelligent«. Das Mäderl, das man wegen seines unvorteilhaften Äußeren bemitleidet, wird von seiner Mama als »Schönheit« hochgelobt, und der kleine Satan, der sich gern Fliegen vom Fliegenfänger grapscht und ihnen die Flügel ausrupft, ist in seiner Mama Augen »ein weichherziges Patscherl«.

Vernünftige Mütter müßten eigentlich aus solchen »Anhörungen« auf sich schließen und einsehen, daß auch sie ihre Kinder nicht objektiv beurteilen. Aber kaum eine Mama schafft diesen simplen logischen Schluß. Fast jede hält sich für eine Ausnahme und meint, gerade ihr Mutterauge habe keine trübe Linse und sei nicht mit Blindheit geschlagen.

Und wenn einmal das Bild, das sich die

Mama vom Kind macht, mit der Realität so wenig übereinstimmt, daß das sogar der Mama auffallen muß, sucht die gute Frau Gründe für das kindliche »Fehlverhalten«, die das schöne Bild vom Sproß möglichst wenig ramponieren.

Warum das – laut Mama – hochbegabte Kind die Klasse wiederholt? Na, so »verspielt« ist es! Oder an anderen interessanten, aber außerschulischen Problemen mehr interessiert. »Stinkfaul« ist auch eine Möglichkeit, denn faul sein ist in unserer Gesellschaft ein geringerer Makel als minder begabt sein!

Wo es um künstlerisches Talent oder Schönheit geht, braucht es keine mütterlichen Zusatzerklärungen, denn ob eine große Nase oder ein gekleckstes Gemälde von Schönheit beziehungsweise Talent zeugt, ist Geschmackssache und unterliegt keinen gültigen Regeln. Und wenn es um das gute »Herzerl« geht, lassen sich im Konfliktfall leicht böse, verführende Freunde ins Feld führen, die das Kind nicht so gut und edel sein lassen, wie es seiner Natur entspräche.

Aber schelten wir das kurzsichtige Mutterauge nicht, denn letztlich ist es nämlich sehr

»weitsichtig« und verschafft dem Kind, was jedes Kind braucht, um zu einem unverzagten, lebensfrohen, optimistischen Menschen heranzuwachsen, nämlich: die Sicherheit, daß es wenigstens einen Menschen auf der Welt gibt, der es für schön, klug und gut hält!

Davon wird ein Kind zwar weder schön noch klug oder gut, aber es ist wenigstens ein fester Grundstein dafür, daß man im Leben nicht unglücklich wird.

Kleine Hasengeschichte

Denken wir an die Zeit, in der sie in den Regalen stramm stehen, die Stanniol-Hasen. Kleine, große, dicke, dünne, billige, teure, schöne, häßliche. Und an der Hand der Mamas wandern Kinder beim täglichen Gang durch den Supermarkt an den Stanniol-Kompanien vorbei, begutachten, vergleichen – falls sie schon ziffernkundig sind – Preise, zeigen auf diesen, zeigen auf jenen, sagen »Den mag ich nicht« und »Den da, den wünsch ich mir«. Und die Mamas ziehen den Nachwuchs weiter, mehr oder minder seufzend, oft auch Unwilliges murmelnd. Etwa, daß die Hasen vom vorigen Jahr im Sommer unverkostet »entsorgt« werden mußten, daß Hasen-Schokolade nicht gut schmeckte oder daß das Kind nicht zügellos gierig stets nach dem Teuersten verlangen möge.

Einmal allerdings schob ich mein Wagerl hinter einem raren Exemplar von traditionsbewußter Mama mit Kind her. Das Kind, etwa fünf Jahre alt, zeigte auch auf einen Hasen im Regal. Auf einen riesigen, mit Tüllmasche und Veilchenstrauß. Ein Einzelstück! Dann entspann sich zwischen Mutter und Kind folgender Dialog.

Kind (gierig): »Den da will ich, nur den da!«

Mutter (gütig): »Vielleicht ist's Osterhasi so lieb und bringt ihn dir.«

Kind (besorgt): »Kauft das Osterhasi die Hasen da?«

Mutter (lächelnd): »Könnt schon sein, Schatzi!«

Kind (drängend): »Dann sag dem Fi-filialleiter, daß er den Hasen da weglegt für mich!«

Mutter (etwas irritiert): »Das wird das Osterhasi schon selber hinkriegen.«

Kind (raunzend): »Das Osterhasi weiß ja nicht, daß ich nur den da will und sonst keinen!«

Mutter (beruhigend): »Ach, das Osterhasi erschnuppert viel!«

Kind (fast in Panik): »Aber wenn jemand den Hasen kauft, bevor das Osterhasi herkommt?«

Die Mutter schaut ratlos zwischen Kind und Hasen hin und her, das Kind ruft erleuchtet: »Du! Wir kaufen den Hasen jetzt, und du verlangst vom Osterhasi dann das Geld zurück!«

Ein älterer Herr neben mir, dieses auch hörend, murmelt kopfschüttelnd: »A Wahnsinn, de heutign Gschrappen!«

Was nun einigermaßen ungerecht war. Man kann es einem Kind nicht übelnehmen, daß es Osterhasen für ganz normale Supermarkt-

Ware hält, mit der ebenso umzugehen ist wie mit allen anderen Artikeln auch.

Wenn man den Knirpsen Osterhasen wie Waschpulver-Packeln anbietet, werden sie von ihnen eben auch wie Waschpulver-Packeln behandelt!

Sandwich – menschlicher Art!

Psychologen kennen das »Sandwich-Kind«. Es ist das mittlere von drei Geschwistern und arm dran, denn es bekommt zu wenig Zuwendung von den Eltern, die sich mehr um das »große« und das »kleine« Kind kümmern. Und so fristet das »mittlere«, zwischen oberer und unterer Brotschnitte, ein Dasein im verborgenen; dabei weiß ja jeder, daß der Belag das Köstliche am Sandwich ist! (Bei Familien mit 5, 7 oder 9 Kindern tritt der Sandwich-Effekt nicht ein, obwohl es auch ein »mittleres« gibt. Wahrscheinlich deshalb, weil bei so großer Kinderschar nimmer leicht auszumachen ist, wem etwas mehr elterliche Zuwendung zuteil wird.)

Trägt man diese Sandwich-Theorie einem »mittleren« Kind (ganz gleich, welchen Alters) vor, bekommt man heftige Zustimmung. Da können siebzigjährige Damen – immer noch waidwund – Erinnerungen vorbringen, die von liebloser Vernachlässigung zeugen!

Ja, ja, die große Schwester war immer die

Kluge und Vernünftige, die dauernd gelobt wurde! Und der kleine Bruder war der verhätschelte Darling, dem man alles durchgehen ließ!

Anders hört sich das an, wenn man »große« und »kleine« Geschwister fragt. Erstgeborene behaupten, sie seien die ärmsten in der Familie gewesen! Enormer Leistungsdruck! Und immer hieß es: »Du bist doch der (die) Große! Gib nach, sei vernünftig!« Versuchskaninchen für elterliche Erziehung waren sie zudem. Bei den Nachkommenden sei die Mama schon viel lockerer mit Ge- und Verboten gewesen! Manch erwachsene Frau kann heute noch vor Wut beben, wenn sie daran denkt, daß sie mit 16 Jahren um 9 Uhr abends daheim zu sein hatte, ihren Geschwistern aber – Jahre später – im gleichen Alter Ausgang bis 11 Uhr gestattet war!

Und die »Kleinen«? Na, die beklagen sich, daß sie von den zwei größeren unentwegt schikaniert wurden und die vermehrte elterliche Zuwendung, die ihnen eher lästig als angenehm war, mit sadistischen Akten der Geschwister zu bezahlen hatten.

Und in schöner Einigkeit sind sich »Große« und »Kleine« ganz sicher, daß ihr »Sandwich-Geschwister« das beste Kinderleben hatte, weil es sich ungestört ganz nach eigenen Vorstellungen und Zielen entwickeln durfte. »So sei doch froh, daß sie dich in Frieden gelassen haben«, schnauzen obere und untere Brotschnitte vergrämt den Belag an!

Einzig möglicher Schluß daraus: Kind zu sein ist so schwierig, daß jeder Mensch sein Kindheitslos für das härteste hält!

Ein Platz im Mutterherzen!

In alten Lustspielen und noch älteren Witzen ist es gern die Schwiegermutter, die dem Manne das Leben schwermacht, weil sie meint, ihre Tochter hätte sich »was Besseres als den Kerl« verdient!

Mag sein, daß es früher Schwiegermütter dieser Art gab, aber wenn man sich heutzutage bei Müttern von Töchtern umsieht, ist die Lage anders. Vor allem Mütter, die nur mit Töchtern gesegnet sind und keinen eigenen Sohn am Halse haben, müssen da Nachholbedarf befriedigen!

Schon wenn das Teenager-Töchterl die »erste Liebe« heimbringt, schließt üblicherweise die Töchtermutter den guten Knaben – so er sich nicht gleich auf den ersten Blick als Ungustl erweist – in ihr Herz, wo noch kein männlicher Teen seinen Platz hat. Und ist der Knabe einmal in ihrem Herzen, umsorgt sie ihn derart liebevoll, daß oft seine eigene Mutter grantig wird, weil es nervend ist, dauernd hören zu müssen, daß die Mama seiner Flamme extra für ihn Powidltatschkerln macht, unendliches Verständnis für seine Probleme hat, und den Knopf, der seit Wochen von seiner Jacke baumelt, den hat sie ihm auch festgenäht!

Da aber erste Lieben zu 99 Prozent nicht von Dauer sind, kommt einmal der Tag, an dem die Tochter verheult verkündet: »Aus ist es! Wir haben Schluß gemacht!«

Und dann steht die arme Töchtermutter schön da, mit der Tochter »Ehemaligem« im weiten Herzen! Er hat für sie schon richtig zur Familie gehört! Und ihr hat er doch auch keinen Seelenschmerz zugefügt! Und sie hat ihm ja auch nichts angetan! Aber es ist halt nicht üblich, daß »abgelegte Lieben« der Töchter innigen Kontakt zu deren Müttern aufrechterhalten! (Kämen auch im Laufe der Jahre allzu viele Damen in den besten Jahren zusammen, die ein Mann zu betreuen hätte!) Und der Tochter wäre es ja auch nicht lieb, den »Ehemaligen« daheim im Gespräch mit Mama vorzufinden, wenn sie mit dem »Aktuellen« ankommt. So bleibt der Töchtermama eben nichts anderes übrig, als stumm leidend eine Liebe zu begraben!

Im modernen Lustspiel und Up-to-date-Witz wäre eher die spaßige Situation angesagt, daß eine Mama der Tochter gut zuredet, »es doch noch einmal mit dem Kerl zu versuchen«, nur damit in ihrem eigenen Herzen kein nagendes Vakuum entsteht, welches nur mit einer neuen Liebe der Tochter gefüllt werden kann; wozu Mütter zwar bereit sind, aber nur mit heftigen Skrupeln, denn Mütter sind nun einmal wesentlich treuer als ihre Töchter!

Empfohlener
Richtwert:
eins zu fünf

Mann ist selten »man«!

Das liebe kleine Wort »man« ist ein indefinites Pronomen und heißt soviel wie: jeder, jedermann, jemand, die Leute ... Zu dieser vom lieben kleinen Wort »man« eingeschlossenen Personengruppe gehören also auch alle Männer.

Sichtlich fühlen sich aber sehr viele von ihnen, vor allem Ehemänner, keineswegs zu diesem Personenkreis gehörig, sondern meinen, das liebe kleine Wort sei nur anzuwenden, wenn es um weibliche Personen gehe. Sie könnten es also getrost, wie bereits in gewissen Frauenkreisen durchaus üblich, durch das ebenso liebe, kleine »frau« ersetzen.

Oder haben Sie etwa, verehrte verheiratete Leserin, daheim keinen Mann, der hin und wieder sinnend in die Sockenlade schaut und murmelt: »Da sollte man einmal aufräumen!«?

Muß ja nicht gerade die Sockenlade sein. Könnte auch sein, daß er sagt: »Man sollte wieder einmal Onkel Theo anrufen und fragen, wie's ihm so geht!«

Oder: »Aber wenn wir ins Theater gehen wollen, muß man vorher Karten besorgen!« Oder: »Man sollte endlich doch einmal in die Sprechstunde vom Klassenvorstand gehen!«

Unendlich lang ist in der Normal-Ehe die Liste der Dinge, die »man« tunlichst tun sollte. Spärlich sind aber Ehemänner, die sich persönlich vom »man« betroffen fühlen und selbst Sockenladen aufräumen, alte Onkel anrufen, Theaterkarten besorgen und bei Klassenvorständen vorsprechen.

Der meisten Männer »man« ist nur ein dezenter Hinweis, daß die Frau all dieses gefälligst erledigen möge. Es drückt zudem aus, daß der Mann ein bescheidener ist, einer bar aller Pascha-Allüren! Er fordert ja rein gar nichts, er schafft nichts an, befiehlt nichts, gibt nur einen kleinen Ansporn, um Haushalt oder zwischenmenschliche Beziehungen in Ordnung zu halten. Und tut »man« nicht, was »man« tun sollte, würde solch braver Mann auch nicht auf den Tisch hauen!

Aber »frau« nimmt sich den Ansporn üblicherweise ohnehin zu Herzen und tut, was »man« tun sollte. Meldet sie dann den ordentlichen Vollzug einer dieser Tätigkeiten, kann der Mann treuherzig sagen: »Ach, das hast DU gemacht? Ich hatte mir nämlich vorgenommen, es morgen zu erledigen!«

Für den Fall, daß eine Frau dieser Aussage glaubt und nach neuerlichem »man sollte« nicht aktiv wird und drauf wartet, daß es ihr Mann werde, wird aber garantiert nicht mehr passieren, als daß der Gute wiederholtermalen und immer grämiger vorträgt, was »man tun sollte«.

Mit zwei Stichen ...

Die »Paschas« und »Haustyrannen« haben ja, wie man allgemein hört, längst ausgedient und sind durch den »neuen Mann« ersetzt worden.

Das Modell »neuer Mann« zeichnet sich vor allem dadurch aus, daß es die Ehefrau nicht mehr autoritär und selbstherrlich zu persönlichen Dienstleistungen heranzieht, sondern akzeptiert, daß jeder Mensch für die Bedürfnisse der eigenen Person selbst zu sorgen hat!

Aber natürlich ist der »neue Mann«, wenn es um die Erledigung kleiner – früher als »weiblich« geltender – Arbeiten geht, nicht so versiert wie seine Ehefrau.

Wie sollte er auch? Sein Papa und sein Opa haben ihn ja nicht von klein auf dazu erzogen!

Also muß der »neue Mann«, so unangenehm ihm das auch ist, seiner Ehefrau doch hin und wieder eine Arbeit aufhalsen, die er eigentlich selbst erledigen wollte. Und weil er dies als sein »Versagen« ansieht und weil jedermann sein Versagen gern so klein wie möglich hält, re-

duziert der »neue Mann« die Dienstleistung, um die er bei der Ehefrau einkommt, auf ein Minimum.

Er sagt nicht: »Bitte, bügle mir das blaue Hemd!« Er spricht mit Dackelblick: »Kannst du mir – nur so ein bisserl – den Kragen vom Hemd ausstreifen?«

Und wenn er ein faustgroßes Loch im Socken hat, fädelt er zuerst farblich unpassende Stopfwolle durch ein Nadelöhr, steht dann mit dem Socken in der einen und dem baumelnden Faden in der anderen Hand seufzend herum und fragt – so ihm nicht Socken und Faden aus den Händen genommen werden – artig an: »Könntest du mir das Loch da ein wenig zusammenziehen?«

Und falls ihm ein Knopf vom Mantel zu fallen droht, ersucht er die Ehefrau darum, daß sie ihn »mit zwei Stichen« wieder fixiere.

So viel Bescheidenheit ehrt ja nun wahrlich den »neuen Mann«!

Das Dumme an der Sache ist jedoch, daß es keine Ehefrau über sich bringt, wirklich nur über den Hemdkragen zu »streifen«, das Sockenloch »zusammenzuziehen« und den Knopf halslos mit »zwei Stichen« zu fixieren! Sie tut ganze Arbeit und hätte es gern, daß selbige auch gehörig gewürdigt wird! Und drum schaut sie einigermaßen vergrämt, wenn der Herr Gemahl wieder einmal um »zwei Stiche« ersucht.

Und der »neue Mann« meint dann, daß die »neue Frau« nicht einmal zum minimalsten Liebesdienst an ihm bereit sei! Und kommt sich noch viel ärmer vor, als er eh schon ist!

Ehekitt besonderer Art

Was Ehen Dauer verleiht, muß nicht unbedingt die unverbrüchliche Liebe der Partner zueinander sein. Es gibt auch Zwänge, die mancher Ehe Bestand verleihen. Geld zum Beispiel. Oder Trägheit. Oder gar Schuldgefühle. Schuldgefühle können ein perfekter Ehekitt sein, nach dem Motto: »Wenn du mich schon nicht mehr wirklich liebst, dann fühle dich wenigstens schuldig!«

Viele Frauen und Männer haben wahre Perfektion darin erreicht, in ihrem Partner große Schuldgefühle zu erwecken und sie hartnäckig am Leben zu erhalten. So schwer ist das ja auch nicht, wenn man nicht gerade mit einem Ausbund an Egozentrik und Hartherzigkeit zusammenlebt. Man muß nur von allem Anfang an dem Partner klarmachen: Du allein bist dafür verantwortlich, ob ich glücklich oder unglücklich bin, ausschließlich von deinem Verhalten hängt das ab!

In der ersten Zeit der taufrischen Liebe

hören das Männer wie Frauen ohnehin meistens gern und sehen es als Beweis für außerordentliche Zuneigung. So wie ja auch große Eifersucht zu Beginn einer Beziehung oft irrtümlich für große Liebe gehalten wird.

Aber wenn die Liebe des einen Ehepartners dann schwindet, entläßt ihn der andere ja nicht zwangsläufig aus der Verantwortung und Zuständigkeit für sein Glück und Unglück.

Und der, dessen Liebe nicht mehr so heftig brennt, kann sich meistens selbst auch nicht aus dieser Verantwortung und Zuständigkeit lösen und bekommt Schuldgefühle.

Die kann dann sein Partner weitgehend für sich nutzen. Sie helfen ihm, seine Wünsche durchzusetzen, sie geben ihm eine enorme Machtposition. Schuldbewußte Menschen, egal welchen Geschlechts, verhalten sich dem Partner gegenüber einsichtiger, nachsichtiger, nachgiebiger und positiver. Soll schon Männer gegeben haben, die bis zu ihrem Lebensende jeden Wunsch ihrer Frau erfüllten, weil sie im dritten Ehejahr eine dreiwöchige außereheliche Liebschaft hatten, durch welche das Erkalten ihrer ehelichen Liebe – für die Ehefrau –

eindeutig erwiesen war. Auch Frauen soll es geben, die aus dem gleichen – oder einem anderen – Grund jahrzehntelang ihre Schuld geduldig abdienen, ohne je damit fertig zu werden.

Von außen betrachtet erscheinen die »Schuldabträger« üblicherweise als Leute, die den Partner ganz besonders lieben und aufopfernd umhegen. So sehr, daß man direkt Schuldgefühle, seine eigene Ehe betreffend, kriegen könnte.

Störung der Harmonie

In vielen Ehen herrscht erfreulicherweise fast rund um die Uhr der Zustand totaler Harmonie. Das einschränkende »fast« hat der Realist beizufügen, weil es ja auch das Fernsehen gibt und Fernsehgewohnheiten zweier Lebenspartner, auch wenn sie ansonsten harmonisieren, sehr unterschiedlich sein können.

Das betrifft nicht bloß so Zwiste wie Fußball oder Liebesdrama, Krimi oder Talk-Show! Da kann man sich ja noch irgendwie einigen, nach dem Motto: einmal nach meinem Geschmack, einmal nach deinem! Oder auch: sechsmal nach deinem, wenn wir dafür am siebenten Tag ins Kino gehen!

Gröbere Schwierigkeiten entstehen durch die unterschiedliche Handhabung der Fernbedienung. Es gibt Leute, die wollen fernschauen, als säßen sie im Kino, und sitzt man im Admiral-Kino, kann man nicht elf Minuten nach Beginn des Filmes sagen: »Ich schau nur auf einen Sprung ins Elite-Kino rüber, was dort grad los ist!«

Doch beim Fernsehen ist per Knopfdruck zu schauen, was auf einem anderen Kanal »los ist«. Nicht nur auf einem, auf deren 26, so man wohlverkabelt ist. Abgesehen von der Minderheit derer, die stets »zappend« verfolgen, was sich gerade auf anderen Kanälen tut, ist auch Leuten, die üblicherweise »wie im Kino« TV konsumieren, manchmal nach »Herumschalten und Suchen« zumute. Und hat man selbst die Fernbedienung in der Hand, findet man gar nichts dabei. Aber neben einem Menschen zu sitzen, der sich durch 26 Programme rauf und runter »zappt«, da ein wenig länger, dort ein wenig kürzer verweilt, strapaziert die Nerven!

Darum kommt es auch in allerharmonischsten Partnerschaften vor, daß der eine Partner hocherfreut ist, wenn der andere am Abend außerhäuslichem Vergnügen nachgeht: Denn dann darf er sich endlich, ohne schlechtes Gewissen, einen superben Cocktail aus 10 Minuten Western, 13 Minuten Sitten-Drama, zweimal 4 Minuten Show, siebenmal 8 Minuten Gorilla-Leben und zwischendurch je 20 Sekunden Freistilringen mixen. Oder er kann ›Die Fischerin vom Bodensee‹ in voller Länge genießen, ohne dauernd Happen aus den Ansichten von dreimal vier Talk-Show-Teilnehmern eingeschoben zu bekommen.

Zwei Fernsehapparate wären freilich auch eine Möglichkeit, aber irgendwie, und abgesehen vom Geld, wie stünde man da? Als unheilbarer Fernsehtrottel, einem Medium ausgeliefert!

Und das will man sich ja doch nicht nachsagen lassen!

Wer redet mehr?

Allgemein ist man ja der Meinung, daß Frauen »gesprächiger« seien als Männer. Wenn ich mir aber meinen Bekanntenkreis anschaue, muß ich sagen: Das stimmt nicht!

Ich habe zusammengezählt, was es in meiner Bekanntschaft an »Vielrednern« gibt und bin auf acht Stück gekommen, vier Männer und vier Frauen. Der Unterschied zwischen gesprächigen Männern und gesprächigen Frauen ist allerdings der, daß Männer lieber ausdauernd »Sachprobleme« im Monolog abhandeln, während Frauen mehr auf der »Gefühlsebene« parlieren.

Aber eines ist männlichen und weiblichen »Ratschen« gemein: Sie haben alle einen recht mundfaulen Lebenspartner.

Da redet die Ilse eine Stunde lang darüber, wieso ihr hochintelligenter Sohn, dazu noch absolut lernwillig, trotzdem drei Nichtgenügend ins Zeugnis bekommen hat, und ihr Mann Gustav sitzt daneben und verzieht keine

Miene; ganz so, als wäre dieser Sohn nicht auch der seine.

Das fällt der Ilse dann auf, sie wendet sich an den Gemahl und spricht auffordernd: »So sag doch auch was dazu!« Worauf der Gustav, freundlich lächelnd antwortet: »Warum denn? Redest ja eh für zwei!«

Und wenn der Kurti einen langen Vortrag über die Weltlage hält und darüber, was geschehen müsse, damit sich diese zum Besseren ändere, sitzt seine Frau Marie still neben ihm und mischt sich mit keiner Silbe ein.

Und fragt man dann die Marie, welche Meinung sie zu diesem Thema habe, antwortet sie auch freundlich lächelnd: »Wird schon so sein, wie der Kurti meint!«

Aber die Annahme, daß sich halt immer ein »Redner« und ein »Schweiger« zu einer Lebensgemeinschaft trefflich ergänzen, haut nicht hin, denn der ehelich so schweigsame Gustav beliebt in seiner samstäglichen Herrenrunde sehr oft das »große Wort« zu führen und ist dort vor lauter Rededrang gar nimmer zu bremsen.

Und die ehelich stille Marie kann, wenn ihr

Kurti nicht anwesend ist, auch sehr redegewaltig sein.

In gut funktionierenden Ehen gibt es eben auf allen Gebieten »Arbeitsteilung«! Und da ist dann halt einer fürs Reden zuständig! Und einer fürs Zuhören! Und wenn die Ilse und die Marie »Partnertausch« betreiben würden, ergäbe das nicht ein vielredendes und ein schweigsames Ehepaar, denn so etwas gibt es nicht!

Dann hätten sie sich von neuem darauf zu einigen, wer das Reden bei gemeinsamen Auftritten übernimmt!

Guter Rat unmöglich!

Angeblich wird jede dritte Scheidung nach gemeinsamem Urlaub der Eheleute eingereicht. Ob's wirklich so ist, kann ich nicht garantieren. Hab's bloß gelesen. Aber falls es wirklich so sein sollte, wäre es kein Wunder. Im Urlaub sind Mann und Frau rund um die Uhr zusammen, da kommt ein Ehepartner leicht zehnmal so lange wie im Alltag in den Genuß alter Angewohnheiten und Eigenschaften des anderen, die er nicht ausstehen kann!

Und weilt das Paar im Ausland, wo sich alle TV-Programme einer Sprache befleißigen, von der Mann und Frau nur dürftige Brocken beherrschen, entfällt auch die »abendliche Schonzeit«, in der man stumm nebeneinander glotzen darf, was Zwist und Zank hintanhält.

Aber einfach gar nicht auf Urlaub zu fahren, nur um den Fortbestand der Ehe zu sichern, geht auch schlecht. Urlaub gilt heutzutage als »die allerschönste Zeit im Jahr«. Wie das Kind, zu dem – als einzigem im ganzen Land – das

Christkind nicht gekommen ist, käme man sich da vor! Und dieser Frust würde der Ehe sicher auch nicht besonders gut tun.

Was macht also ein verantwortungsvolles Paar, wenn es in der Ehe kriselt und der Urlaub naht?

Solo-Urlaube buchen? ER reist gen Osten, SIE gen Westen? Die Methode ist vielleicht ratsam, funktioniert aber nur, wenn man gut bei Kasse ist und ohne Kinder. Allein reisen kommt nämlich teuer. Der Einbettzimmer-Zuschlag ist hoch, man kann auch nicht sparsam nebeneinander in einem Auto fahren. Und mit Kindern funktioniert Solo-Urlaub überhaupt nicht.

Die weigern sich! Nachwuchs hat es so an sich, daß er sich die Ehe der Eltern »heil« wünscht. Und weil er keine Ahnung davon hat, daß gemeinsamer Urlaub Ehen noch »unheiler« machen kann, besteht er auf »Nur mit Papi und Mami gemeinsam!« und träumt sich vielleicht sogar naiv für die Ferienwochen »große Versöhnung« zusammen.

Gegen solch kindlichen Irrglauben kommen Papi und Mami nicht auf.

Am klügsten wäre es natürlich, die Ehekrise vor Urlaubsantritt zu bereinigen, aber diesen Ratschlag haben konfliktbeladene Ehepaare wohl so dringend nötig wie »die Krot in der Bohnensuppe«. Aus Jux zieht eh kein Paar seine Krise in die Länge.

Bleibt nur: Gemeinsam verreisen und hoffen, daß das gütige Schicksal einen nicht für »jede dritte Scheidung« vorgesehen hat, sondern einem Zeit zu lassen beliebt, die Krise nach dem Urlaub wacker zu überstehen.

Empfohlener Richtwert: eins zu fünf

Warum die einen Ehen zum Scheitern verurteilt sind und die anderen lebenslänglichen Bestand haben, ist nun auch eindeutig geklärt.

An Zehntausenden Ehepaaren haben das amerikanische Forscher untersucht, und sie haben auch exakte Richtlinien gefunden, die den Eheerfolg hundertprozentig garantieren!

Also: Es kommt in einer Ehe gar nicht so sehr darauf an, ob es viel oder wenig Streit gibt und ob der Streit heftig oder nur minimal ist. Viel wichtiger ist, daß das Verhältnis vom Streit zu den Streicheleinheiten in Ordnung ist.

Und das ist es nur, wenn es mindestens eins zu fünf steht; natürlich für die Streicheleinheiten! Bei einem Verhältnis von zwei zu fünf droht schon unglücklicher Eheverlauf oder die Scheidung.

Merke daher: Wer oft streitet, muß zum Ausgleich fünfmal so oft streicheln, und je erbitterter der Streit, um so zärtlicher haben die Streicheleinheiten zu sein!

Und wenn schon zu Beginn einer Ehe abfällige Bemerkungen über den Partner gemacht werden, steht es schlecht um die Ehe. Mehr als fünf Prozent aller Bemerkungen zum Partner – oder über ihn – dürfen nicht abfällig sein!

Merke daher: Nach jeder Rüge dem Ehemann oder der Ehefrau mindestens neunzehn Belobigungen zukommen lassen!

Ebenso wichtig ist, Konfliktstreß schnell wieder abbauen zu können. Das ist einzusehen, denn so ein Groll, der sich staut und staut, durch die Tage, die Wochen und die Monate zieht, hängende Mundwinkel, gerümpfte Nasen und vergrantelte Stirnfalten bringt, verbessert eheliches Klima keineswegs.

Nur: Was tut die Frau, auf die von Montag bis Samstag siebzehn Prozent abfällige Bemerkungen herniedergeprasselt sind und bei der das Verhältnis von Zwist zu Streicheleinheiten fünf zu null für den Zwist steht? Wie baut die am Sonntag Konfliktstreß ab? Die tut sich doch schwer genug, ihn nicht noch zu quadrieren!

Eine meiner lebenserfahrenen Freundinnen meint, das Problem sei leicht zu lösen, indem man sich die fehlenden Streicheleinheiten und vermißten positiven Bemerkungen »außer Haus« holt und derart die Ehebilanz in die schwarzen Zahlen bringt und den Ehekonkurs vermeidet.

Aber merke: Das ist nicht die Ansicht der amerikanischen Forscher, sondern bloß die einer Hausfrau ohne gehobenen Anspruch an eheliche Treue; zumindest was ihre Person und nicht die ihres Partners anbelangt.

Wenn wir sie nur ließen

Die Männer sind keine Machos und Paschas mehr. Die haben umgelernt und sehen ein, daß sie partnerschaftlich alle Arbeit im Haushalt zu tätigen haben.

Nur noch zwölf Prozent der Männer, heißt es, halten Hausarbeit für »reine Frauensache«, die sie nichts angeht.

Allerdings hat sich diese schöne Erkenntnis nicht in noch schönere Tat umgesetzt. Mehr als 80 Prozent aller Hausarbeit wird noch immer von Frauen erledigt. Woran das liegt, darüber sind naturgemäß Männer und Frauen uneins.

Aber was Frauen dazu meinen, fällt nicht ins Gewicht, die interpretieren ja den Widerspruch zwischen männlichem Tun und Denken nur! Männer hingegen erleben ihn, wissen also aus erster Hand Bescheid!

Da wäre zum Beispiel der liebe Hugo, der gern seine 50 Prozent im Haushalt tun würde. Aber Hugo ist beruflich in »gehobener Position«, und die hat er angestrebt, weil ihm Chefsein mehr liegt als Ausführen von Befehlen. Einer wie Hugo wird eben unwillig, wenn er »niedere« Tätigkeit erledigen soll. Dem liegt es mehr, mit dem Kochbuch in der Hand das Gulasch-Kommando zu übernehmen und seine Frau anzuweisen, Fleisch in Würfel von 3 Zentimeter Kantenlänge zu schneiden und den Paprika nicht zu lange zu rösten. Aber seine Frau sieht das nicht ein, will in der Küche die Chef-Position behalten und Arbeit an ihn delegieren! Klar, daß er da die Lust verliert und lieber Zeitung liest.

Oder der eifrige Otto! Der ist ein Mann, der alles exakt bedenkt, und so kommt er halt ins Sinnieren, wenn er ein Häuptel Zwiebel schneiden soll. Muß er ja auch, wenn in dem Netz sieben verschieden große sind! Welches ist zu nehmen, wieviel Deka soll's haben, wie breit soll eine Schnitte sein, wie lang jedes Teilstück, in das er die Schnitten schneidet? Und sind die vorhandenen Messer optimal für diese Arbeit geeignet? Otto kann echt nichts dafür, daß seine Frau das Zwiebelhäuptel zerkleinert, während er noch am Durchdenken ist!

Oder Kurti! Kurti ist einfach zu jeder Arbeit

willig. Auch zum Einkaufen. Aber bitte doch nicht gerade dann, wenn etwas anderes dringlicher ist. Seine Frau kann ihm den Einkaufszettel doch nicht überreichen, wenn er gerade beim Briefmarkensortieren ist!

Etwas Einfühlungsvermögen in die männliche Psyche müßten Frauen halt aufbringen, wenn es um partnerschaftliche Arbeitsteilung geht! Wenn sie das nicht schaffen, sind sie selber schuld, daß 88 Prozent williger Männer weit weniger als 20 Prozent der Hausarbeit leisten!

Von den »Rechthabern«!

Zu den Menschen, die nur unter Aufbietung größter Geduld zu ertragen sind, gehören die »Rechthaber«! Was so ein eingefleischter »Rechthaber« ist, kann nie zugeben, daß er im Unrecht ist; selbst wenn es sich um eine Kleinigkeit handelt, streitet er herum, als ob es ums Leben ginge!

Und wenn man ihm das Lexikon unter die Nase hält und schwarz auf weiß belegt, daß »Arawak« nicht – wie von ihm behauptet – ein Vogel ist, sondern ein Ureinwohner der Karibischen Inseln, wird er zuerst einmal die Qualität des Lexikons anzweifeln. Kommt er damit nicht durch, wird er sagen, daß sich der Vogel, den er meint, nicht mit »w«, sondern mit »v« schreibe und nur in speziellen, nicht allgemein zugänglichen Fachbüchern aufzufinden sei!

Eine andere beliebte Rechthaber-Taktik ist, hinterher zu behaupten, nie behauptet zu haben, was sich als falsch herausgestellt hat!

Ohne schamrot zu werden, dreht der Rechthaber die Positionen im Streitfall um! Empört ruft er: »Ich hab nie gesagt, daß die Sommerzeit in England früher aufhört als bei uns!« Und das Äußerste, worauf er sich dann einläßt, ist, daß der strittige Fall ein Mißverständnis war und er – weil die anderen nie richtig zuhören – mißverstanden wurde.

Und weil der Normalmensch nicht auch zum Rechthaber werden will, läßt er es gütig dabei bewenden.

Warum ein Mensch zum Rechthaber wird, ist – mir wenigstens – nicht klar. In manchen Fällen scheint sich der Trend dazu eindeutig zu vererben. Andererseits gibt es Familien mit einem rechthaberischen Mitglied, in der nichts darauf hinweist, daß das Sache der Gene sein könnte! Und an der Aufzucht kann es eigentlich auch nicht liegen. Wer drei Kinder so erzieht, daß ihnen »Da hab ich mich geirrt« leicht über die Lippen kommt, kann nicht schuld sein, wenn der vierte Sproß zum bornierten Rechthaber wird!

Sonnenklar ist eigentlich nur, daß jeder Rechthaber – so er tatsächlich recht behält – offensichtlich in einen wahren Glückstaumel verfällt und jedermann zehnmal mitteilen muß, daß er »natürlich wieder einmal recht behalten hat«! Eigentlich direkt ein Wunder, daß es nicht schon längst – abgeschaut vom »Tapferen Schneiderlein«, breite Rechthaber-Bauchbinden gibt, mit der Aufschrift: »Heute schon siebenmal recht gehabt!«

Auf rotem Samt mit Goldfaden (im Kreuzelstich) ließe sich das von geplagten Familienmitgliedern für den Rechthaber – als passendes Weihnachtsgeschenk – anfertigen!

Ausgerechnet jetzt?

Freundschaften soll man hegen und pflegen; nicht nur »innige«, auch »lose«. Freundschaft ist das beste, was der Mensch im Leben kriegen kann. Deshalb hat er für Freunde – »innige« wie »lose« – stets da zu sein.

Wäre unschön, ihnen nur zur Verfügung zu stehen, wenn vorher mit Terminkalender ein Treffen ausgemacht wurde. Spontan hat man Freunde aufzunehmen, so sie es begehren.

Da klingelt es etwa an der Haustür, man geht zur Gegensprechanlage, und eine Freundesstimme sagt: »Ich war grad in der Gegend und hab' gedacht, ich schau' auf einen Sprung vorbei, falls ich nicht störe!«

Nun, unter »falls ich nicht störe« wird üblicherweise verstanden, daß man nicht bei einer wichtigen, wesentlichen Tätigkeit unterbrechen will.

Im Fernsehen ›Ariane, Liebe am Nachmittag‹ anschauen, gehört gewiß nicht zu diesen wichtigen, wesentlichen Tätigkeiten.

Ist einfach unmöglich, einem Freund zu sagen: »Du störst! Ich schau' grad fern«. Das kann man dem Freund nicht zumuten und sich selber auch nicht. Man ist ja kein TV-Dodel, der das reale Leben vernachlässigt, um sich einem alten Kino-Schinken hinzugeben! Dazu am Nachmittag, wenn seriöse Leute anderes zu tun haben.

Man läßt also den Freund ins traute Heim, kredenzt ihm Kaffee und beteuert, daß er keineswegs bei irgend etwas störe.

»Hab' nur ferngeschaut«, sagt man, und den Verzicht, der einem im Gesicht geschrieben steht, bemerkt der Freund nicht.

Wesentlich leichter wäre es ja, diese Situation zu verkraften, wenn der Freund nicht mehrmals sagen würde, daß er echt nur »auf einen Sprung« da ist und gleich wieder gehen würde! Das erweckt nämlich die lüsterne Hoffnung in einem, daß man wenigstens das Happy-End zwischen dem unschuldigen Mäderl und dem abgeklärten Millionär mitkriegen könnte! Und während der Freund vom »linken Zweier unten« berichtet, dessen Behandlung ihn in unsere Gegend führte, linst man verstohlen ins TV-Programm und auf die Uhr und gibt merkwürdige Kommentare zum »linken Zweier unten« ab, weil die Gedanken mehr bei Frl. Hepburn und Hr. Bogart weilen. Dann erhebt sich der Freund tatsächlich, man schiebt ihn zur Tür, schaltet den Fernseher ein und erblickt nichts als ein großes END.

Na ja, ist nicht der Weltuntergang, aber eine bittersüße Liebesgeschichte gegen eine »linke, untere Zweier«-Geschichte eingetauscht zu haben, ist halt doch eine triste Sache, bei der man sich etwas betrogen vorkommt.

Hab' ich euch schon erzählt ...?

Jeder hat im Schatzkästlein seiner Erinnerungen Erlebnisse, die er für erzählenswert hält, und sucht »Kundschaft« dafür. Da aber vieler Leute Erzähllust größer als ihr Bekanntenkreis ist, passiert es, daß man einem Erzähl-Lüstling gegenübersitzt, der kriegt plötzlich, angeregt vom Wort »Kellertür«, gieriges Glitzern ins Auge und fragt: »Hab' ich eigentlich schon erzählt, wie mich die Berger damals im Keller eingesperrt hat?«

Natürlich hat er, nicht nur einmal, zehnmal! Jeder kennt die Keller-Story auswendig, weiß, wie Alois auf der Treppe saß, an die Tür pochte, sich heiser schrie, ohne daß Hilfe nahte. Jeder kennt sogar etliche Fassungen der Story. Die mit der Maus, die Männchen machte, die mit der Ratte, die böse pfiff, die, in der Befreiung um Mitternacht erfolgte, und die, in der er bis zum Morgen im Keller verblieb. Am besten kennt Aloisens Frau die Story in allen Varianten, die sitzt ja immer neben ihm, wenn er vorträgt. Und so zischelt sie: »Klar hast du das!« Aber für Alois gilt, wenn's ans Erzählen geht, seiner Frau Wort nie. Forschend blickt er in die Runde, zweifelnd fragt er: »Hab' ich echt?«

Da muß man ein sehr hartherziger Mensch sein, um kaltlächelnd »Ja« zu sagen, und Alois weiß, daß Berta kein solcher ist. So fixiert er sie, legt Flehen in die Stimme, fragt: »Dir auch?»

Da zögert Berta nur kurz, dann sagt sie: »Erinnern kann ich mich eigentlich nicht.« Und bevor ein anderer Veto einlegen kann, legt Alois los, und während er beglückt schildert, kriegt Berta von ihrem Hugo unterm Tisch Tritte gegen das Schienbein, zur Strafe für die der ganzen Runde angetane Tortur.

Aber tags darauf, in anderer Runde, bekommt Hugo plötzlich, angeregt von der Nennung des Namens »Alois«, gieriges Glitzern in die Augen und fragt: »Hab' ich euch eigentlich schon erzählt, wie hilflos die Berta immer ist, wenn der Alois seine uralten Geschichten erzählen will?«

»Hast schon zehnmal!« zischelt Berta, und Hugo fixiert Maria, die gute Haut, und fragt mit flehentlicher Stimme: »Dir auch?«

Worauf Maria nur kurz zögert und sagt: »Erinnern kann ich mich eigentlich nicht.« Dann legt Hugo los, bevor ein anderer Veto einlegen kann, und diesmal bekommt Maria Tritte ab.

Wahre Güte muß eben immer leiden und lohnt auch nicht, denn wenn es Berta oder Maria einmal passiert, daß sie aus dem Schatzkästlein ihrer Erinnerungen eine Geschichte zum zweiten Mal holen, sind Hugo und Alois die ersten, die lauthals protestieren.

Vorsicht: Einladung droht!

Den Menschen mit unsensiblen Geschmackspapillen entgehen sehr viele wunderbare Stunden im Leben, denn der »Gaumengenuß« ist wohl einer der allerschönsten im Leben. Eines aber haben die braven Allesvertilger den heiklen Feinspitzen voraus: Sie brauchen nicht zu leiden, wenn sie bei Leuten, die überhaupt nicht kochen können, auf ein »schönes Nachtmahl« eingeladen sind!

Unsereiner hingegen, der nicht nur köstlich Gekochtes enorm schätzt, sondern übel Zubereitetes einfach nicht »runterkriegen« kann, verzweifelt an so einem Gastmahl schier!

Man will ja den lieben Grauskoch oder die werte Grausköchin nicht kränken. Aber was soll man denn tun, wenn jeder Bissen beim Kauen im Mund schrecklicherweise an Volumen zunimmt und zunimmt und einem die Speiseröhre »vorübergehend geschlossen!« signalisiert?

Oft ist die einzige Möglichkeit, dieses Signal

zu überlisten: die abgelehnte »Ladung« mit einem kräftigen Schluck aus dem Glas wegzuspülen.

Aber falls man den Teller arg vollgeschöpft bekam und zum leichteren Transport Wein oder Bier benutzen muß, kann diese Methode leicht zum Vollrausch führen!

Ein besserer Ratschlag, der aber nur brauchbar ist, wenn man über die Unfähigkeit von Koch oder Köchin schon Bescheid weiß, wäre:

Man erwähne bereits, wenn die Einladung ausgesprochen wird, daß man traurigerweise im Moment an einer hartnäckigen Gastritis laboriere! Auf die kann man sich dann zurückziehen, wenn das Essen so ausfällt wie befürchtet.

Sollte es wider Erwarten doch genießbar sein, kann man ja noch immer fröhlich verkünden, daß sich die Gastritis erstaunlicherweise inzwischen beruhigt habe!

Übrigens: Die Idee, zähe oder flachsige Fleischhappen unter den Tisch zu schmuggeln, weil dort der Gastgeberhund Platz genommen hat, kann schiefgehen!

Ich versuchte dies einmal. Und als dann »die Tafel aufgehoben« wurde und die Gastgeberin das üppig herabhängende, aber leicht bekleckerte Tischtuch vom Tisch zog, war allen der Blick frei auf eine riesige Dogge, und vor deren sabberndem Maul lag noch alles, was sich vorher auf meinem Teller befunden hatte.

Das Vieh war leider perfekt erzogen und darauf dressiert, nur nach seines Besitzers Kommando »Friß!« zuzuschnappen!

Könnte allerdings auch sein, daß es einen genauso sensiblen Gaumen hatte wie ich.

Perfekter Zweit-Papa!

Immer wieder muß ich über die Herren staunen, die in bereits fortgeschrittenen »besten Jahren« noch so supervital und agil sind, daß sie ein »zweites Leben« anfangen.

Nicht beruflich natürlich, nur familiär!

Die »Erst«-Kinder sind fast erwachsen, und die »Erst«-Frau hat sich im Laufe der Jahre bedauernswerterweise etwas abgenutzt, also heißt es halt tapfer wieder von vorn anfangen!

Scheidung – neue Frau – neues Kind (üblicherweise aber nur ein Exemplar, weil die Unterhaltskosten für die studierenden »Erst«-Kinder das Budget meistens doch etwas belasten)!

Was an der agil-vitalen Angelegenheit so staunen macht, ist der Umstand, daß die meisten dieser tapferen Herren zweitfamiliär ein völlig anderes Verhalten an den Tag legen als in der ersten Ehe.

Seinerzeit waren sie mit Beruf, Hobbys und Pflege von Freundschaften (zu beiderlei

Geschlecht) ausgelastet. Für so Kleinkram wie Kinderaufzucht hielten sie ihre Ehefrau zuständig.

Und wenn sie sich pro Woche ein Stündchen Zeit für ihre Kinder abzwackten, hielten sie sich schon für perfekte Familienväter.

Im zweiten Eheleben jedoch schaut die Sache anders aus! Da lernt der Papa – wenn nicht schon »bei der Geburt mitatmen« – wenigstens »Wickeln« und »Flascherl geben«, er sieht auch ein, daß die junge Mama ein bißchen Freizeit vom Baby braucht, während der er es zu hüten hat.

Und daß er sich, ein paar Jahre später, die Kindergärtnerin, der er seinen »Zweit«-Sproß anvertraut, genau anschauen muß, damit er sein schutzbedürftiges Würmchen nicht etwa einer Furie ausliefert, versteht sich von selbst!

Und was dann die Einschulung betrifft, führt er mit der »Zweit«-Frau viele, viele Abende lang ausführliche Gespräche. Ist ja lebensbestimmend, in welche Schule ein Kindlein eintritt; das hat ein guter Papa zu bedenken. Und dazu hat er auch noch zu lernen, wie man Kasperltheater spielt! Und Märchen gut erzählt! Und aus Kastanien und Zahnstochern einen Zoo bastelt.

Macht ja nicht nur dem Kind Spaß! Macht auch dem Papa Spaß! Gar nicht gewußt hat er, wieviel Befriedigung einem Mann das Zusammensein mit Kindern geben kann!

Ist wirklich schön, wenn ein Mann – spät, aber doch – einsieht, wo die wahren Werte im Leben liegen; nur etwas befremdlich, daß es den »Erst«-Kindern oft so schwerfällt, sich darüber neidlos freuen zu können!

Wem ist er zu verdanken?

Der »neue Mann« ist kein Gespenst, das nur in nebulösen Tagträumen geplagter Frauen auftritt. Es gibt ihn tatsächlich!

Bereits 13 Prozent unserer Männer sind »neue«, also solche, die sich partnerschaftlich in der Familie – sowohl im Haushalt als auch bei der Kindererziehung – betätigen, die zudem keine Angst mehr vor »unmännlichen« Gefühlen haben und ihre Frau als gleichberechtigt sehen. Dies behauptet wenigstens eine neue Studie.

13 Prozent sind ja nicht allzu viel, da aber die Studie diesen Anteil an »neuen Männern« vor allem unter jungen Männern ausfindig gemacht hat, während unter den älteren Herrschaften das »traditionelle« Männerbild noch üblich ist, dürfte der Trend zum »neuen Mann« zunehmen, und es ist damit zu rechnen, daß es nicht mehr lange dauern wird, bis dieser liebenswerte Männer-Typ in der Mehrheit ist! Und wem haben wir für die

»neuen Männer« unseren Dank zu bekunden?

Wohl den »alten Frauen«, die sie großgezogen und ihnen nach dem Motto »Was Hänschen nicht lernt ...« von klein auf beigebracht haben, daß es für männliche Wesen keine Schande ist, zu kochen, zu bügeln, Fenster zu putzen und Milch zu holen, daß es erlaubt ist, traurig zu sein und zu weinen, und daß männlicher Nachwuchs weiblichem gegenüber keine Privilegien beanspruchen darf!

Ohne Scheidungen loben zu wollen: Aber viele der Mütter, die männliche Kinder zu »neuen Männern« erzogen haben, hätten das nicht geschafft, wären sie keine geschiedenen Alleinerzieherinnen gewesen!

Mit einem Ehemann, der im Haushalt keinen Finger rührt – weil das Weibersache ist – und dazu noch den »starken Mann« spielt, der nur fürs Geldverdienen und für häusliche »Klein-Reparaturen« zuständig ist, sich sogar der Einzelträne schämt, die ihm beim Begräbnis seiner Mutter über die Wange rollt, kann eine Mutter den Sohn nur schwer zum »neuen Mann« erziehen. Da nimmt sich der Sohn nämlich lieber ein Beispiel an seinem Papa! Das ist wesentlich bequemer für ihn!

Und die Schwerstarbeit, zuerst den Ehemann »umzuerziehen«, um dann den Sohn richtig erziehen zu können, das schafft wohl kaum eine Frau.

Seien wir doch einmal ehrlich. Wem haben wir also tatsächlich diese »neuen Männer« zu verdanken?

Na, klarerweise doch all den »alten Männern«, die von ihren Familien abgehauen sind und damit sämtliche Hindernisse zur Aufzucht der »neuen Männer« beseitigt haben!

2 Kübeln,
1 Kanister,
6 Sackeln…

Familiäre Notengebung

Jedes Familienmitglied ist ein ganz eigenständiges Individuum und hat daher auch auf sensible, individuelle Behandlung Anspruch.

Theoretisch sieht das wohl auch jeder Mensch ein, aber wenn man in der Praxis diesem Anspruch eifrig nachkommt, ergibt das oft mannigfache Kränkungen und Eifersüchteleien.

Kommt etwa Herr Meier um eine halbe Stunde später als versprochen heim, zieht Frau Meier ein saures Gesicht. Kommt Sohn Meier ebenfalls um eine halbe Stunde später als versprochen heim, lächelt ihm Frau Meier huldvoll entgegen.

Herr Meier findet das ungerecht! Frau Meier hingegen sagt ganz richtig: »Da mein Mann immer pünktlich ist, mache ich mir Sorgen, wenn er einmal nicht kommt, da reagiere ich dann eben gereizt! Da sich mein Sohn jedoch üblicherweise um zwei Stunden verspätet, finde ich es erfreulich, wenn er sich zu so geringer Verzögerung der Heimkehr durchgerungen hat!«

Direkt unpädagogisch, meint Frau Meier, wäre es, da sauer zu reagieren. Das wäre, sagt sie, gerade so, als ob man einen, der sich in der Schule von einem Fünfer auf einen Vierer verbessert hat, ausschimpft, weil er keinen Einser geschafft hat!

Woraus klar wird, daß man es tunlichst vermeiden sollte, sich in einer Familie zum »Vorzugsschüler« hochzuarbeiten, denn es wird einem nicht gedankt! Jeder in der Familie nimmt bald das Vorzugsverhalten hin und rügt ein Betragen, das er bei anderen Familienmitgliedern für »ganz normal« hält. Ebenso muß der Vorzugsschüler in der Familie verbittert mit ansehen, wie die anderen wegen einer minimalen Leistung oder einer ebenso minimalen Enthaltung von üblem Tun regelrecht gefeiert und belobigt werden. Wenn etwa die Evi einen Berg Geschirr wäscht, begnügt sich die Mama mit einem schlichten »Danke«. Die Evi ist ja ein ordnungsliebendes Kind, der fällt das ja leicht! Wenn aber die Reserl bloß zwei dreckige Teller vom Tisch zur Abwasch trägt, kann die Mama ihre Freude darüber kaum in ausreichende Worte fassen!

Es gibt Menschen, von denen es heißt: »Also, er (sie) war einfach perfekt! Ohne Fehler! Nie gab es was an ihm (ihr) auszusetzen! Und plötzlich war er (sie) wie ausgewechselt! Nimmer wiederzuerkennen!«

Vielleicht sind das die »Familien-Vorzugsschüler«, denen es endlich gereicht hat!

Die, die auch einmal so richtig gelobt werden wollen!

Von Nachbarn und Wänden

Zu den argen Alltagsbelästigungen zählt – so man in der Stadt lebt – der Lärm, den Nachbarn machen. Da muß man gar nicht an böse Hausherren denken, die Wohnungen als Übungsraum an Rock-Bands vermieten, um die anderen Hausbewohner hinauszuekeln. Auch der Nachbarknabe, der aus der Stereo-Anlage alles »rausholt«, was »drin« ist, kann zur Ohrenfolter werden. Ebenso die Dame, die dreimal die Woche zehn kreischende Personen zur Mitternachts-Fete lädt, und der Hobby-Handwerker, der jeden zweiten Tag den Wandverbau an eine andere Wand plaziert und dafür sechzig neue Löcher bohrt. Auch das Geschwisterpaar, das mit dem Fußball just an die Wand »torschießt«, welche an unsere Wohnung grenzt, kann ein trautes Heim zur Hölle machen.

Keine Frage, Nachbarn, die rücksichtslos lärmen, sind Unmenschen, die in ihre Schranken zu weisen sind.

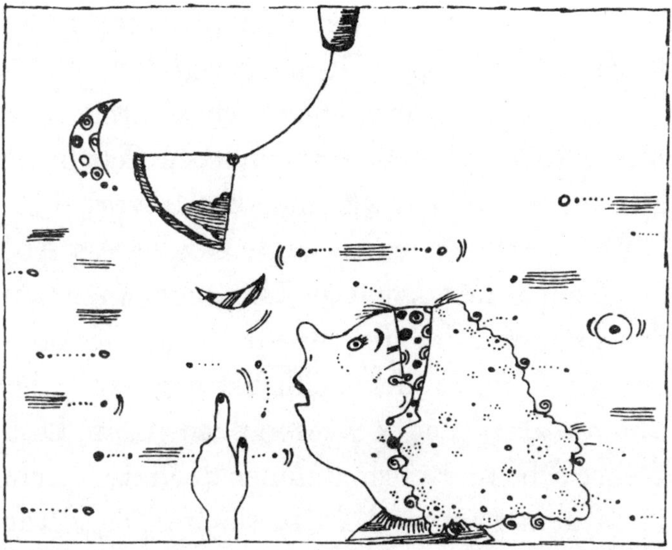

Aber oft liegt es gar nicht an der Rücksichtslosigkeit der Nachbarn, daß uns die Ohren dröhnen. Oft sind idiotische Sparmaßnahmen beim Hausbau schuld.

Ich kenne ein Haus – aus eigener, leidvoller Erfahrung –, dessen Wände nicht nur nicht schallisoliert, sondern als Schallverstärker tätig sind. Wenn dort meine Tochter im Kinderzimmer Purzelbäume übte, hörte sich das in der Küche daneben an, als lasse jemand Felsen zu Tal poltern.

Einmal meinte ich zu hören, daß in der

Wohnung über mir der Boden abgeschliffen werde. Ein grausiges Geräusch war das, und als es über Tage währte, fragte ich diskret nach. Keine Rede von Schleifmaschine, ein Schaukelpferd für den Sohn war angeschafft worden!

Gab auch Mieter, die miteinander das Abkommen trafen, nach 22 Uhr nicht mehr zu duschen, weil das abfließende Wasser des oberen sich hinter der Schlafzimmerwand des unteren als tosender Wasserfall ausnahm. Und Gekreisch von Bohrmaschinen dröhnte in dem Haus derart heftig, daß jeder meinte, da werde exakt über ihm »gedübelt«; auch wenn der Täter drei Stockwerke tiefer, am anderen Gangende, zu Werke war.

Aber trotzdem schimpften dort die Mieter nicht gemeinsam auf Bauherren und Baumeister, sondern verbittert aufeinander. Weil es halt immer noch leichter ist, Nachbarn jegliche mit Geräusch verbundene Lebensäußerung abzugewöhnen, als eine Wohnbaugenossenschaft dazu zu bringen, schlecht gebaute Häuser so zu sanieren, daß man darin sein normales Leben in ebenso normaler »Zimmerlautstärke« führen könnte.

Himmelvata, schau oba!

Meine Oma war nicht fromm, aber der Ansicht, Kindern sei – zwecks Erziehung zu Sitte und Anstand – mit der höheren Macht zu drohen, welche sie »Himmelvata« nannte. So hob sie bei kindlichem Tun, das ihr mißfiel, den warnenden Zeigefinger und sprach: »Da wird der Himmelvata schimpfen!« Und wenn ihr der Zufall hold war, was allerdings selten vorkam, fand zur Tatzeit ein Gewitter statt, und es donnergrollte, und sie durfte zufrieden posaunen: »Jetzt hat er geschimpft, der Himmelvata!«

Von meiner Schwester wird erzählt, daß sie, vier Jahre alt, in der Fensternische hockte, mit zarten Fingern Fäden aus dem noch zarteren Vorhang zupfte, dabei himmelwärts blickte und mehrmals in bestem Wienerisch flüsterte: »Himmelvata, schau oba, i tuas scho!« Ihre Stimme soll dabei zwischen Schaudern und Triumph geschwankt haben.

Dies zeigt, daß der Mensch von klein auf

dazu neigt, Verbotenes zu tun, und, so er der Neigung nachgibt, nebst Angst auch Lust empfindet.

Viele Menschen behalten die Neigung zum Verbotenen bis ans Lebensende. Die meisten belassen es allerdings bei »bösen« Gedanken und hüten sich, selbige in die Tat umzusetzen. Beliebt sind da etwa Träume vom großen, schlauen »Coup«, der blitzschnell reich macht. Ich kenne einen Versicherungsangestellten, der sich einen – seiner Meinung nach – 100 Prozent sicheren Versicherungsbetrug bis ins kleinste Detail ausgedacht hat. In schlaflosen Stunden liebt er es, ihn »durchzuspielen«, und sieht sich als Millionär in der Karibik, umgeben von Luxus und Tollerei.

Was hinzukommen muß, daß solche Träume zur Tat entarten, dürfte weniger an »knappen« äußeren Umständen als an der Person des Träumers liegen, und so verschieden die Gründe individuell sein mögen, sie haben alle mit Realitätsverlust zu tun, mit dem Glauben, eigene Schlauheit und eigener Wagemut würden über die Gesetzeshüter – oder gar den »Himmelvata« – siegen. Wahrscheinlich trägt auch die feste Überzeugung dazu bei, daß sowieso nur Gesetzeshüter, aber nicht der »Himmelvata« böse sind, wenn man keine konkrete Person schädigt, sondern eine große Firma, eine Organisation oder den Staat. Solange man dem Bettler keinen Zehner aus dem Hut klaut, wird der »Himmelvata« ein Aug' zudrücken, hofft der schlaue »Coup«-Planer. Vielleicht tut's der Himmelvata ja eh, aber er mischt sich halt nicht ein, wenn irdische Instanzen amtshandeln.

Urgroßmutters Küche

Urgroßmütterleins Kochrezepte sind ja heutzutage ungemein beliebt, und wenn sie auch nicht jeder nachkochen mag – weil das allerhand Mühe macht –, so nehmen sie doch viele Leute wenigstens als appetitanregende Lektüre.

Und liest man sich durch all die kalorienreichen Köstlichkeiten, denkt man, »Urgroßmütterleins Küche« müsse das wahre Schlemmerparadies gewesen sein. Natürlich muß man sich da eine gutbürgerliche, wohlhabende Urgroßmutter vorstellen und keine, die Mann, fünf Kinder und drei Bettgeher mit Kohl und Einbrennsuppe ernährte.

Aber auch in der Küche des wohlhabenden, gutbürgerlichen Urgroßmütterleins dürften die Zustände nicht ganz so paradiesisch gewesen sein, zumindest nicht, was den Zustand der Zutaten für die »herrlichen Köstlichkeiten« anbelangt.

Ein kleines Bücherl, beim Tandler für zehn

Schillinge erstanden, bestärkt mich in der Annahme. ›Handbuch für die Hausfrau‹ heißt es.

Die Seite, auf der das Jahr des Erscheinens stehen sollte, fehlt; aber es war das Jahr, in dem in Wien ein Damenhut 10 Schillinge und ein Paar Herrenschuhe 30 Schillinge gekostet haben, entnehme ich der ›Anleitung zum richtigen Führen des Haushaltsbuches‹.

Im Kapitel ›Unentbehrliche Ratschläge‹ ist da unter anderem zu lesen:

Sauer gewordene Rindssuppe wird genießbar, indem man ihr doppeltkohlensaures Natron zusetzt.

Schlechte Erdäpfel macht man schmackhaft, wenn man ins Kochwasser etwas gebrannten Kalk tut.

Wenn die Milch geronnen ist, gibt man Pottasche unter die Milch und läßt sie aufkochen.

Übel riechendes Fleisch bestreicht man mit Salizylsäure oder legt es zwei Tage zwischen Holzkohle.

Schimmel von Wurst und Schinken entfernt man mit einem dünnen Brei aus Salz und Wasser.

Meeresfische werden von ihrem üblen Geruch befreit, wenn man sie in einer Lösung von übermangansaurem Kali wäscht und stark mit Pfeffer und Salz würzt.

Dumpfes Mehl vermengt man mit frischer Kleie.

Ranzige Butter ist noch zu verwenden, wenn man sie zergehen läßt und darin ein Stück Schwarzbrot ausbrät, welches den üblen Geruch anzieht.

So also sah die weniger vorzeigbare, nicht so

appetitanregende Seite von »Urgroßmütterleins Küche« aus.

Na, da kriegt man doch gleich wieder mehr Animo, in eines der watteweichen Sesamweckerl, mit labbrigem Fleischlaberl drin, zu beißen.

Unter freiem Himmel ...

Zu den schönsten Dingen, die uns der Sommer bietet, gehört das Picknick unter freiem, blauem Himmel, auf weicher, grüner Wiese; zumindest, wenn man bunten Picknick-Fotos und dazugehörigen Texten in Zeitschriften glaubt, die sich gehobener Eß-Kultur widmen!

Da strahlen sie nur so vor Glück, die wackeren Picknicker, grillen Steaks über einem improvisierten Feuerchen, holen gebackene Hühnerbeine aus formschönen Körben, kühlen Weinflaschen im nahen Bächlein, verzieren mitgebrachten Erdäpfelsalat mit frisch gerupften Wiesenkräutern und geben dem Dessert mit der Schlagobers-Spraydose den letzten Schliff!

Und dann schmausen sie, auf einer riesigen Decke vereint, die Köstlichkeiten, und einer, der schneller satt wurde als die anderen, zupft auf seiner Gitarre ein artig Liedlein!

Wirklich schön muß so ein Picknick sein! Nur frage ich mich, wo findet man eigentlich so ein Picknick-Platzerl? Dies schreibend, sitze ich bei einem Fenster, das freien Ausblick auf kaum von Tourismus überlaufene Waldviertler Natur bietet!

Na, wo könnte denn da wer schön picknicken?

Im Gerstenfeld? Das hätte der Huber-Bauer aber gar nicht gern! Und zudem picknickt es sich in Ähren auch etwas unbequem!

Auf der satten Wiese, auf der das Gras aufs Mähen wartet? Das könnte zu einem Zwist mit dem Berger-Bauern führen. Der mag es nicht, wenn man seiner Kühe Futter »z'sammtritt«!

Am Waldesrand, bei den vielen kleinen Ameisenhaufen, die so hübsch mit wildem Thymian überwachsen sind, daß man sie erst wahrnimmt, wenn ihre Bewohner, durch Störung irritiert, in Sechser-Reihen anmarschieren?

Unten beim Bacherl, wo die Wespen – gut getarnt – ihre Erdhöhlen haben und selbige aggressiv zu verteidigen beginnen, wenn sie irrtümlich meinen, es drohe ihrer Brut Gefahr?

Oder gar sehr tapfer auf der kleinen Lichtung, auf der seit Wochen das Schild prunkt: »Jagdgebiet! Vorübergehend kein Zutritt!«?

So weit ich auch ins Land schaue, da bliebe im Grunde höchstens mein gepflegter Vorgarten-Rasen für ein Picknick! Na ja, wenn's unbedingt sein muß!

Aber eins sag' ich Ihnen: Der Weg zu meinem Vorgarten ist kurvig, da kann es leicht passieren, daß der Gurkensalat mit der Topfentorte im Kofferraum eine innige Verbindung eingeht!

Und Schinken, das sollten Sie schon wissen, verfärbt sich, so ihn die liebe Sonne zwei Minuterln anstrahlt, lausgrau!

Lauter tolle Helfer!

Die perfekte Hausfrau kommt ohne perfekten Haushalt nicht aus, und zu diesem braucht es arg viel Gerätschaft, welche gottlob im Handel erhältlich ist! Wenn man bereits etliche Jahre nach hausfraulicher Perfektion strebt, sammelt sich da allerhand an. Etwa ein preiswerter Eierkocher! Aber rätselhafterweise war der noch nie in Betrieb! Vielleicht weil nur der Sohn – und der auch nur jeden Sonntag – ein weiches Ei will? Und es sich wegen einem wöchentlichen Ei nicht lohnt, das preiswerte Gerät aus dem Schrank rauszuholen, wo es hinter Stapeln von Töpfen ruht? Ist aber auch egal, denn Eier sind ja – von wegen Cholesterin und Salmonellen – sowieso in Verruf gekommen!

Joghurt allerdings ist nicht in Verruf gekommen, aber der schöne Joghurtbereiter führt das gleiche Ruheleben wie der Eiersieder. Doch da ist der Grund klar: Joghurt ist schneller gekauft als eigenhändig zubereitet, und der Mensch plant Joghurtlust nicht im voraus!

Ebenso ist es mit dem vierstöckigen Keimgerät. Das hat man – zehn Tage, bevor es liefert – mit Körnern zu füllen und täglich zu gießen. Anscheinend ist familiäre Sehnsucht nach frischen Keimen nicht so groß, daß jemand diese Bemühung auf sich nehmen würde.

Auch das teure Raclette-Dings und das Fondue-Ensemble sind eher ein »Flop«. So schön hat man es sich vorgestellt, Gäste mit Raclette oder Fondue zu bewirten! Soll irre gesellig sein, gemeinsam Käse zu schmelzen oder

Fleisch in Fett zu tauchen! Weiß der Teufel, warum man immer wieder Gulasch macht und die edlen Geräte im Kastel läßt!

Die Saftzentrifuge ist wahrlich ein gutes Ding! Aber sie auszuwaschen ist mühsam. Und wenn man nur ein Achterl Karottensaft will, erspart man sich das und trinkt ihn im Gemüsegeschäft! Nachher kauft man das Faschierte beim Fleischhauer, weil man den elektrischen Fleischwolf ebenso ungern säubert. Und wegen eines Löffels Petersilie wird man nicht den Kräuter-Blitzhacker anpatzen. Und der Elektro-Pommes-Schneider mag nur Erdäpfel in Quaderform und tut sich mit den Rundungen schwer. Bevor man da »nachbessert«, schneidet man gleich per Hand!

Ist schon wahr, man hätte ein paar Küchengeräte besser nicht gekauft! Aber wissen Sie, ich habe da einen kleinen Brotbackofen gesehen! Echt toll! Gemeinsam mit so einer herrlichen Körnermühle wird mich dieser der Küchenperfektion ein Stück näher bringen!

Oder etwa nicht?

Wirrwarr mit Minusgraden

Vor vielen Jahren, als es in meinem Hausstand nur einen Kühlschrank mit Drei-Sterne-Tiefkühlfach gab, war ich einmal bei einem Ehepaar zu Gast, das gerade ein neues Eigenheim bezogen hatte. Voller Stolz führte mich die Hausfrau durch alle Räume. Sogar einen »Wirtschaftsraum« hatte sie! In dem stand eine Tiefkühltruhe. Und über der prunkte eine Pin-Wand. Auf die waren jede Menge Kartonblätter geheftet, mit »Schlagzeilen« lautend auf: Korb 1, Korb 2, Korb 3, Korb 4 usw. Darunter waren die eingefrorenen Güter aufgelistet, samt Datum der Vereisung, Gewicht und Befindlichkeit, also etwa: »Rehfilet, mariniert, 32 dag, 21. 5. …«

Und an einer Schnur baumelte ein Kugelschreiber. Die Hausfrau erklärte mir, so oft jemand etwas in die Truhe hineinlege, notiere er diese Tat auf der entsprechenden Liste, so oft jemand etwas aus der Truhe raushole, streiche er diesen »Posten« durch. Nur mühsam konnte ich damals das belustigte Kichern unterdrücken und mich zu einem »Ist ja ein tolles System!« durchringen. Fest überzeugt, bei kleinkarierten Pedanten zu Besuch gewesen zu sein, verließ ich dieses traute Eigenheim!

Nun, längst im Besitz einer Tiefkühltruhe, kommt mir das listenführende Ehepaar in unregelmäßigen Abständen in den Sinn. Etwa dann, wenn sich meine klammen Fingerchen wieder einmal durch starre Plastikbeutel wühlen und ich murmle: »Da muß irgendwo eine Forelle sein, weiß ich doch sicher!«

Oder dann, wenn sich die vermeintliche Forelle auftauend als Schweinslungenbraten herausstellt! Oder dann, wenn die zur Jause servierten Powidl-Buchteln mit Speck und Kraut gefüllt sind! Dann bekommen die »Listenführer« – fernab von Spott und Hohn – direkt Vorbildcharakter für mich! Vor zwei Wochen, als ich, Suppe suchend, »Steinpilze 1987« fand und sie wegen »Verjährung« im Bio-Müll beerdigen mußte, was sehr schmerzhaft war, weil ich Steinpilze liebe, ging ich gar so weit, eine Pin-Wand zu erstehen. Jetzt fehlen mir nur noch die Dübel, um die Tafel hinter der Truhe zu montieren. Irgendwie vergesse ich immer, die zu kaufen!

Ist ja auch nicht so brandeilig. Die paar kleinen Beutel, die ich vor zwei Wochen in die Kühltruhe gelegt habe, also … da bin ich mir sicher, von denen merke ich mir spielend, wo ich sie hingelegt habe und was sie enthalten! Schließlich habe ich vorsorglich sieben Häupteln Knoblauch gekauft. Nicht zum Einfrieren. Zum Verzehr! Zwecks Hintanhaltung von Gedächtnisschwund.

2 Kübeln, 1 Kanister, 6 Sackeln …

Angeblich verbringt der umweltbewußte Haushalt mit Sortieren und Entsorgen des Abfalls zweiundvierzig Stunden im Jahr. Das sind pro Woche etwa achtundvierzig Minuten! Ich weiß echt nicht, wie man das in dieser Zeit schafft!

Zweimal die Woche trage ich Altpapier zum Container hinter dem Haustor. Ja, ja, Lift habe ich! Die Wegzeit (inklusive Papier bündeln, Tür auf- und zusperren) beträgt maximal vier Minuten. Aber immer, wenn ich zur roten Tonne komme, ist die bumvoll! Vordergründig freilich nur. Da ist stets ein riesiger Karton drin, den muß ich rausholen und falten. Leicht geht das nicht (sonst hätt' es ja der Karton-Ableger selbst getan), aber mit Zerren und Reißen ist's zu schaffen. Wenn nicht, hilft sportives Draufspringen. Jedenfalls dauert das, laut ureigenem statistischem Erfahrungswert, vier Minuten. Und so verbrauche ich für das Altpapier sechzehn Minuten die Woche.

Halt, falsch! Einmal pro Woche ist im Karton, den ich verkleinere, Styropor. Das gehört nicht ins Papier, das muß eine Umweltbewußte in den Hof zum Restmüll bringen, was wieder vier Minuten dauert. Flaschen machen weniger Mühe; dafür ein schlechtes Gewissen! Da sind die Tonnen an der Ecke, dauert nur sechs Minuten, bis das Glas entsorgt ist. Und das schlechte Gewissen habe ich nicht deshalb, weil zweimal pro Woche zwei Sackeln mit Glasflaschen von Trinkfreudigkeit zeugen, sondern wegen der armen Leute, die im Haus bei den Flaschentonnen wohnen. Denen müssen vom ewigen Glasgeklirre ja die Ohren abfallen! Und zwölf Glasminuten sind es immerhin auch die Woche!

Mühsamer ist die Bio-Tonne. Die ist etliche Quergassen weiter! Könnt' direkt mit der Straßenbahn fahren. Aber im Sommer ist das nix! Das grüne Bio-Küberl duftet sehr säuerlich! Darum muß ich es auch jeden zweiten Tag ausleeren gehen. Und das macht dreimal die Woche hastige elf Minuten, also dreiunddreißig Minuten! Dann renn' ich noch mit Leuchtstoffröhre und Batterie zum Händler, mit Pillen in die Apotheke, Dosen wie Plastikbecher müssen weg, Restmüll sowieso, jeden zweiten Donnerstag ist im »Grätzl« Lack-Fleckputzmittel-Säuren-Laugen-Annahme, und wenn ich die Sauerei einrechne, die wegzuputzen ist, weil der Trichter tropft, durch den ich Backfett in den Altöl-Kanister fülle, und wenn ich den Altöl-Kanister endlich dorthin fahren würde, wo man bereit ist, ihn mir abzunehmen, dann hätt' ich – so ich nicht auch hin und wieder schuldhaft umweltsündigen tät' – fast eine Halbtagsbeschäftigung!

Kein einziger von uns ...

Ich kenne keinen Menschen, der zugibt, daß ihn Fernseh-Werbung zum Ankauf beworbener Produkte verführe. Alle versichern, Werbeblocks seien nervtötend, nur dazu gut, WC wie Eisschrank Kurzbesuche abzustatten.

Einzige Einschränkung, die getan wird: TV-Werbung von Handelsketten der Lebensmittelbranche, in der Niedrigpreise ausposaunt werden. Da könne es sein, daß man die Konkurrenz des Stammladens besuche, um zu probieren, welche Qualität deren »Superpreis-Ware« so habe.

Aber ansonsten sei man nicht so verboten dümmlich, auf das Werbegesäusel reinzufallen. Wer wird denn glauben, daß jemand tatsächlich »die Tiefenformel« gefunden hat, welche die Kamille im Schmalz in jene Hauttiefen transportiert, wohin andere Cremes nie gelangen?

Wer ist so naiv, anzunehmen, daß das Mittel für den Geschirrspüler, das total verkrustete

Auflaufformen glasklar strahlen läßt, »milder und sanfter« ist als alle anderen Mittel, die das nicht können?

Und wer wechselt die Automarke, nur weil ihm ein Werbespot flüstert, daß einem der Sonntagsausflug samt Kind und Hund nie mehr verregnet wird, wenn man das Familien-Sparmodell XY besitzt?

Daran, daß normale Leute solches glauben, glauben nicht einmal die, die Werbung machen. Sonst würden sie nicht etlichen Produkten unverfroren Eigenschaften andichten, von denen sich bereits bei einmaliger Benutzung herausstellt, daß sie nicht vorhanden sind. Ein Mann etwa mag ja dem Werbeblock-Teen glauben, daß man während »gewisser Tage« problemlos »weiße Hosen« tragen kann, so man einen bestimmten Hygiene-Artikel benutzt. Da Männer jedoch diesen Artikel selten kaufen, ist Werbung dafür ja eher nicht für sie gemacht. Und Frauen wissen von vornherein, daß das mit den weißen Hosen nicht ganz so sicher ist. Und sollte es eine nicht wissen, so weiß sie es eben nach dem ersten Versuch. Und für einmaligen Ankauf und folgendes »Nie wieder« zahlen sich Werbesekunden kaum aus.

Daß sich Werbesekunden auszahlen, versichern aber alle Unternehmer. Auch die Händler sagen, daß sich beworbene Produkte besser verkaufen. Bleibt nur der Schluß: Wir sind zwar alle überzeugt, daß uns Werbung »kalt« läßt, aber unser Unterbewußtes »wärmt« sie doch und hält es dazu an, aus dem Regal zu holen, was uns der Bildschirm anpreist.

Eh klar, was bei uns täglich im Wohnzimmer »auf Besuch« ist, ist uns halt lieb und vertraut.

Schöne Aussichten

Jeden Tag kriegt man unzählige grausige Meldungen aufs Aug' gedrückt und ins Ohr gewummert, da erfreut es umso mehr, wenn man endlich einmal etwas Positives erfährt.

So sei also die unlängst verbreitete Botschaft freudig aufgenommen, daß die »singende Windel« erfunden sei, das Teststadium hinter sich habe und in Bälde auf den Markt zu kommen gedenke.

Es geht natürlich um eine Papierwindel, und die hat einen Chip eingebaut – so einen, wie er auch in singenden Glückwunschtelegrammen steckt –, und an dem Chip sind zwei dünne Drähte, und werden die feucht, melden sie das dem Chip, der spielt ein Lied. Vielleicht mit dem Texte:

»'s Kinderl liegt im Nassen, will sich wickeln lassen!«

Nun ist es ja eigentlich so, daß uns die Werbung seit Jahren einredet, kein Kind brauche mehr im Nassen gelagert zu werden.

Wir kennen sie doch alle, diese Werbeblock-Windel, auf die es blau tropft (wieso eigentlich blau und nicht gelb?), und alles Getropfte geht »nach innen«, und die Mama vom Werbe-Windel-Kind (klarerweise von Beruf Kinderschwester) zeigt uns verklärten Blicks Babys staubtrockenen Po!

So gesehen bedürfte es also des Windel-Gesanges nicht, weil der Chip ja nur melden könnte, daß er selbst Nässe verspürt, aber nicht das Baby.

Doch man muß den Windel-Chip als ersten Vorboten einer gigantischen Vorsorge-Entwicklung sehen. So einen Chip könnte man zum Beispiel ja auch im Augenwinkel eines Kleinkindes befestigen.

Man weiß doch, daß ein Kleinkind, wenn es einmal so richtig im Heulen und Brüllen drin ist, nur sehr schwer zu beruhigen ist. Also könnte ein Augenwinkel-Chip bereits erste Anzeichen des »feuchten Auges« melden, und die im Nebenzimmer weilende Mutter könnte anrasen und des Kleinkindes aufsteigenden Unwillen im Keime »abfangen«.

An Müttern angebracht, könnte sich

das Ding noch besser bewähren. Als »singender Kragen«! Man weiß ja, daß aufgestaute Wut auch körperliche Anzeichen mit sich bringt, wie etwa leichten Anstieg der Temperatur.

Wenn nun ein Faden, von der Mutter Hals bis zum Nabel baumelnd, dem Chip dies meldet, dann könnte der – Mann und Kinder warnend – singen:

»Würd' jetzt kein weit'res Wort mehr sagen, sonst platzt der guten Frau der Kragen!«

Müßte nicht einmal ein Liedlein sein, täte auch ein Rotlicht reichen; je nachdem, babyzornrosa bis brandwutrot blinkend.

Alles so schön weihnachtlich!

Jetzt ist sie wieder da, die liebe Zeit, in der man entzückten Auges in »Weihnachts-Teilen« von Frauen-Zeitschriften blättern darf! Da werden die »originellsten Gaben für Sie & Ihn« angepriesen, für »den, der schon alles hat« und überhaupt »für liebe Leute«!

Die Tips, Käufliches betreffend, sind ja nicht sehr aufregend; was es zu kaufen gibt, ist auch in Schaufenstern zu sehen. Und was der »Versand« bietet, dem steht der vernünftige Mensch etwas reserviert gegenüber, denn da könnte durch Schlamperei das Geschenk vielleicht erst im März ankommen; eventuell mit einer geschmalzenen Rechnung vom Zoll!

Was kreative Seelen an diesen »Weihnachts-Teilen« so entzückt, sind »Bastelvorschläge«! Etwa die tolle Häkeldecke, zusammengesetzt aus 600 Sechsecken. Die würde doch der Tante gut zu Doppelbett stehen! Zu viel Arbeit für die karge Frist bis Weihnachten?

Na, wie wär's mit einer eigenhändig gebatikten Krawatte für den Karl, ein gebatiktes Unterkleid für Oma und eine Batik-Tischdecke für die Cousine? (Weil's ja unökonomisch wäre, wegen einer Krawatte drei »Farbbäder« anzurühren.)

Und nicht zu vergessen: das selbstgebastelte Spielzeug! Zum Beispiel Mausfamilie im Maushaus! Die Mauserln sind nach beiliegendem Schnittmuster kinderleicht hinzukriegen, und falls Sie es nicht schaffen, Puffärmel in fingerhutgroße Armlöcher zu nähen, machen Sie halt eine Japan-Maus-Familie, kimonogekleidet! Allerdings brauchen Sie auch einen Ehemann, der das Maushaus tischlert; samt Balkon, Fensterläden und Betterln. So einen haben Sie nicht? Dann lassen Sie besser auch die Maus-Erzeugung. Unbehauste Mäuse sind der halbe Spaß.

Aber wenigstens das traute Heim können Sie nach zeitschriftlich-zeitgeistiger Anleitung verfeinern! Wie wär's mit 10 Holzsternen? Da müssen Sie nur 60 Rhomben aus 3-cm-Brettern sägen, je sechs zu einem Stern leimen, den mit Sandpapier schmirgeln und mit Blattgold belegen. Oder können Sie gar einem Blech-

Christbaum etwas abgewinnen? Da hätten Sie noch weniger Arbeit. Sie brauchen nur jede Menge Dosen zu kaufen, denen die Banderolen entfernen, alle zu einer Pyramide stapeln und auf jede Pyramiden-Stufe ein Kerzerl stellen!

Gefällt Ihnen alles nicht? Na, dann sind Sie leider die Ausnahme von der Regel der Millionen begeisterter Leserinnen, und es geschieht Ihnen ganz recht, wenn Sie sich mutterseelenallein mit allem Weihnachtlichen herumschlagen müssen!

Apfelstrudel wie
Strumpfhose...

Immer besser und besser

Vor 35 Jahren unternahm ich erste Versuche in Sachen Haushalt, und das schloß Wäsche waschen leider ein. Der Luxus einer Waschmaschine war mir damals – wie den meisten Normalverdienern – verwehrt, Waschküche gab es in dem Haus, in dem uns ein Miet-Hai zwei Kämmerlein mit Küche überließ, auch keine. Also rumpelte und bürstete ich die Wäsche im Schaffel und kochte sie im Hefen. Was Waschpulver anging, setzte ich auf Tradition und kaufte die ehrenwerte Marke, auf welche Mama und Oma schworen.

Tja, Wäsche waschen war damals eine arge Rackerei, aber noch ärger rackerte sich die Firma ab, die das Waschpulver meiner Wahl herstellte, indem sie mir jährlich ein neues Produkt »entwickelte«, welches allen »herkömmlichen« weit überlegen, weil »fast selbsttätig säubernd« war und meine Rackerei daher von Jahr zu Jahr reduzierte.

Und nach ein paar Jahren Hausstand konnten wir uns dann ja eine Waschmaschine leisten, und die Waschpulver-Firma »entwickelte« auch flugs weiter, so daß ich bald nicht einmal mehr auf »Problemstellen« der Wäsche zu achten hatte!

Dann erfand meine Waschpulver-Firma einen »Faktor«, der es möglich machte, Kochwäsche schon bei 60 Grad »reiner als rein« zu bekommen!

Und hierauf ersparte sie mir das Schleppen riesiger Waschpulver-Tonnen, indem sie es schaffte, »lupenreine Riesenwaschkraft« von 5 kg Pulver in einen 1-kg-Karton zu zaubern!

Kaum hatte mein diesbezüglicher Jubel nachgelassen, schenkte sie mir das flüssige Waschmittel! Wieder Verbesserung!

Nun konnten sich dort, wo man das Pulver in die Maschine füllt, keine Gatschklumpen mehr bilden! Und überhaupt wurde jetzt die Wäsche »lupenreiner als lupenrein«; jede Nachbarin, hätte sie ein Auge darauf geworfen, wäre vor Neid erblaßt! Das »Kuschelweiche« war auch integriert und mußte nicht extra eingefüllt werden!

Ich hätte wahrlich nicht gedacht, daß meine

liebe Waschmittel-Firma noch mehr für mich tun könnte. Sie konnte aber! Kleine Kugerln hat sie mir jetzt beschert! Die sind einfach »mega«!

Ich bin sicher, daß ich mit diesen Kugerln endlich den Heidelbeerfleck aus dem Tischtuch rauskriegen werde, an dem sich seit 35 Jahren alle Vorgänger der Kugerln vergeblich versucht haben!

Und wenn's die Kugerln doch nicht schaffen, wart' ich eben brav, womit mich meine Waschmittel-Firma im nächsten Jahr beglücken wird!

Gleich ist leider nicht Sofort!

Ehefrauen und Mütter tun Ehemännern und Kindern bitter unrecht, wenn sie ihnen Faulheit und Unwilligkeit unterstellen, wo es um die »Mithilfe im Haushalt« geht. Abgesehen von raren, uneinsichtigen Exemplaren sind Ehemänner und Kinder nämlich sehr wohl bereit, im Haushalt nicht nur »einen Finger«, sondern »zwei emsige Hände« zu rühren! Ganz egal, ob es ums Entleeren des Mistkübels geht, ums Tischdecken oder Tischabräumen, ums Säubern der Badewanne, ums Einschrauben neuer Glühbirnen in Lampen, die nur mit Hilfe einer Leiter erreicht werden können, Ehemänner und Kinder wären da wirklich willig zur Tat, wenn … ja wenn … ihnen die Ehefrau und Mutter nicht unentwegt so »enge, knappe Termine« setzen würde!

Der Jammer ist nämlich, daß zwischen Ehefrau bzw. Mutter und Ehemann bzw. Kindern die gröbste Meinungsverschiedenheit über das kleine Wort »gleich« herrscht. Die Mutter und

Ehefrau verwechselt nämlich leider irrigerweise »gleich« mit »sofort«!

Und wenn das liebe Kind verspricht, »gleich« den Tisch abzuräumen, oder der ebenso liebe Ehemann gelobt, »gleich« einkaufen zu gehen, glaubt die Ehefrau und Mutter, diese Hilfsleistungen würden »sofort« vollbracht werden. Obwohl sie einsehen müßte, daß da noch weit dringlichere »Sofort«-Taten anstehen, wie: telefonieren, entspannen, Kreuzworträtsel lösen, fernschauen und dergleichen mehr.

Frustriert sind dann Ehemänner und Kinder, wenn sie sich nach der Erledigung der Sofort-Taten ans Gleich-Werk machen wollen und bemerken, daß dieses bereits getan ist.

Hat die Mutter glatt wieder den Tisch abgeräumt! Ist die Ehefrau glatt wieder selber in den Supermarkt gelaufen! Hat die Frau keine Nerven? Kann sie kein bißchen warten? Muß denn alles immer nach ihrem neurotisch-hektischen Zeitplan gehen? Wohl deshalb, damit sie hinterher keppeln kann und als das ausgebeutete Familienopfer dasteht, dem niemand auch nur ein bißchen hilft!

Eine meiner Freundinnen hat sich diesen Vorwurf zu Herzen genommen. Seit Wochen erledigt sie keine einzige Arbeit mehr selber, die ein Familienmitglied per »Mach ich gleich«-Gelöbnis übernommen hat. Es geht ihr ganz gut dabei! Abgesehen von ein paar winzigen Lästigkeiten.

Eine dieser Lästigkeiten hat sie heute aus der Welt geschafft, indem sie sich eine 1000-Liter-Mülltonne für ihre Küche anliefern ließ!

Schlaff oder straff?

1. *Falten sollten immer nur anzeigen, wo ein Lächeln gesessen hat. (Marie von Ebner-Eschenbach)*
2. *Ab einem gewissen Alter trägt man für seine Gesichtszüge selbst die Verantwortung. (Verfasser in Vergessenheit geraten)*
3. *Schönheit ist nicht eine Gabe der Natur, sondern harte Arbeit. (Miss Tullnerbach 1974)*
4. *Gutes Aussehen ist Pflicht. (Werbechefin der Kosmetikfirma Cellu & Litis)*

Und ist man nun Frau und in den besten Jahren (hat also »die besten«, was äußere Erscheinung betrifft, hinter sich) und hat zudem obige Grundweisheiten »verinnerlicht«, was tut man dann?

Na ja, man kann die Schuld, die man am eigenen Gesicht hat, weil sich dort auch Falten niedergelassen haben, die nicht ewiges Lächeln eingegraben hat, pflichtbewußt mit Lotions und Cremes abarbeiten. Und mit Packungen

dazu; eventuell unter Zuhilfenahme eines Kosmetik-Institutes.

Aber die sorgfältige Pflege, die man sich auf diese Art angedeihen läßt, zeitigt ja meistens nicht den herbeigesehnten Effekt. Und da steht man dann eines Tages vor dem Spiegel, in kreisender Bewegung Creme – samt Liposomen natürlich – einmassierend, und da kann es sein, daß man mit den Zeigefingern die nimmer ganz straffen Wangenpartien ohrläppchenwärts zieht, wodurch das leicht Schlaffe und Hängende plötzlich glatt aussieht. Man starrt in den Spiegel und denkt: Na, exakt so wär's okay! Knackig wie seinerzeit! Die meisten Frauen lassen es ja seufzend bei solch Sekunden-Straffungen bewenden, aber es gibt auch welche, die geben sich damit nicht zufrieden, die wollen nicht nur für ein paar Badezimmer-Sekunden wieder »junge Haut« haben, sondern rund um die Uhr. Und dann ist der Gang zum Facharzt für kosmetische Chirurgie fällig; falls es nicht am Gelde mangelt.

Dagegen ist ja auch nichts zu sagen. Aber »Verschönerung«, das sollte man bedenken, kann süchtig machen. Zuerst bekommt man das straffe »G'sichterl«, dann stört in dem die etwas große Nase, dann möchte man den Brüsten zukommen lassen, was dem Gesicht gutgetan hat! Und dann ist der »alte Hals« zwischen jungem Gesicht und Brüsten einfach unmöglich und muß noch weg!

Und schließlich ist man »runderneuert« und kommt darauf, daß man auch nicht glücklicher als vorher ist; außer man ist ein speziell sturer Fall und beginnt, auf das Absaugen der sogenannten »Bauchschürze« zu sparen.

Neu angepaßte »Benimm«-Regeln!

Die Lektüre zweier neuer Bücher mit »Anstandsregeln« (jawohl, sowas wird noch verlegt!) ließ mich wissen, daß »alles nicht mehr so streng« ist, wenn es darum geht, wie Herr und Dame miteinander verfahren müssen, um »Benehmen« zu zeigen. Die Emanzipation, liebe Leserin, ist nämlich so weit fortgeschritten, daß Sie in einem Lokal für den männlichen Begleiter zahlen dürfen.

Und wenn Sie vom Wein mehr verstehen als der Tischherr, dürfen Sie hurtig nach dem Glas mit dem Probeschluck grapschen, welches der Ober, neuer Regeln unkundig, dem Mann neben Ihnen reicht! Sie dürfen auch Männern Zigaretten anzünden. Sogar in den Mantel helfen dürfen Sie ihnen!

Nun ja, die Erlaubnis zum Zahlen ist wirklich erleichternd; vor allem für die vielen Paare, bei denen die Frau Verwalterin der gesamten Barschaft ist.

Ist allerdings immer nett anzusehen, wenn

in einem Lokal die Dame verstohlen ihr Börsel aus dem Tascherl holt, es noch verstohlener unter dem Tisch dem Herrn reicht und der dann dem Damen-Börsel umständlich Bares entlockt. Umständlich deshalb, weil er zuerst Pillen-Rezept, Schuster-Zettel und Kinokarten zutage fördert. Frauen haben halt mehr in ihren Geldbörsen als Männer!

Aber wenn es um das Anzünden von Zigaretten und Hilfestellung beim Mantelanziehen geht, bin ich dagegen, daß das auch Frauen tun! Ich habe schließlich lange genug erlebt, wie man sich fühlt, wenn man in einer Hand die Zigarette hat und in der anderen das Feuerzeug, aber man es nicht klicken lassen darf, weil ein Mann darauf besteht, gute Manieren zu haben und bereits das siebente Zündholz an der Reibfläche des Schachterls abgeknickt hat.

Und dann nimmt er einem das Feuerzeug aus der Hand, und weil mehrere Versuche, es zum Brennen zu bringen, fehlschlagen, stellt er die Flamme höher und verbrennt dir mit einer 15-cm-Stichflamme die Nasenspitze!

Ist auch nicht wirklich angenehm, sich von einem höflichen Herrn hurtig in den Mantel stopfen zu lassen, ohne vorher Zeit zu haben, den Schal aus dem Ärmel zu ziehen!

Noch weniger angenehm ist es, auf einen Herrn zu treffen, der einem die Armlöcher in Höhe der Ohren bereit hält. Da kann man ganz schön turnen, bis man der Höflichkeit entsprochen hat. Gute Manieren sollen anderen Leuten das Leben erleichtern!

Männer sind nicht so geduldig wie Frauen, so viel angewandte Höflichkeit würden die kaum durchstehen!

Apfelstrudel wie Strumpfhose ...

Kochbücher und Sachbücher, Kindererziehung betreffend, haben meistens gemeinsam, daß man beim Lesen alles vernünftig und brauchbar findet, aber beim Umsetzen der Anleitungen in die Tat Probleme kriegt, die das Buch nicht kennt. Genauso keck wie uns das Kochbuch anweist, den gerollten Apfelstrudel vom Tuch auf das Blech zu übersiedeln, und so tut, als schaffe das jeder sofort perfekt, genauso dreist behauptet der Erziehungsratgeber, man müsse es nur dem Kleinkind selbst überlassen, sich des Morgens eine Strumpfhose auszusuchen, und schon sei das Getobe aus der Welt geschafft, welches pünktlich erfolgt, so sich die Mama mit einer Strumpfhose ihrer Wahl dem Knirps nähert.

Nun, wenn es um Apfelstrudel geht, steht man halt dann da, ein Strudelende in der rechten Hand, eines in der linken, und der Belag mitten auf dem Blech! Ärgerlich, aber zu verschmerzen. Und wer geduldig ist und siebenmal diesen Frust durchsteht, wird beim achten Versuch den Trick von selber raus haben, den ihm der Kochbuchautor diskret unterschlagen hat.

Beim Kleinkind, das jeden Morgen einen Tobsuchtsanfall kriegt, wenn es von der Pyjamahose in die Strumpfhose wechseln soll, bringt wackeres Üben aber gar nichts. Das Kind lehnt das Angebot, sich selbst eine Strumpfhose zu wählen, auch am achten Tag ab.

Ausgehend davon, daß der Sachbuchautor wissender Experte ist, erhebt sich dann die Frage: wer kriegt den »Schwarzen Peter«? Ist das Kind abnormal, weil es sich nicht, wie alle anderen Kinder, das Toben abgewöhnen läßt? Oder versagt die Mutter, weil sie mit einem Trick, der allen Erfolg beschert, keinen hat?

Das Kind ist gerechterweise zu entlasten, es ist Produkt aus Erbmasse und Aufzucht, die Aufzucht tätigt die Mama, die halbe Erbmasse hat sie auch beigesteuert, und an der väterlichen ist sie insofern schuld, als sie diesen Vater gewählt hat. Also fällt der »Schwarze Peter« ihr zu.

Aber Frauen sind ja schlau. Vielleicht merkt die Mama plötzlich, daß das Kind an Tagen, an denen es nicht in den Kindergarten gehen muß, sich willig in jede Strumpfhose stopfen läßt. Woraus sie schließt, daß das Kind die Strumpfhose verweigert, damit es nicht in den Kindergarten gehen muß. Und dann braucht die Mama im schlauen Erziehungsbuch ja nur nachzulesen, was zu tun ist, wenn Kleinkinder den Kindergarten ablehnen.

Vielleicht hat sie mit dem bezüglichen Experten-Tip mehr Erfolg. Manche Rezepte im Kochbuch sind ja auch problemlos nachzukochen!

Vom Hänger in die Schoß!

Früher hatten sich Frauen »altersgemäß« zu kleiden. Ich wurde noch in diese Zeit hineingeboren, habe sie die ersten Jahrzehnte meines Lebens erlitten.

Als weibliches Baby mußte man »rosa« tragen, höchstens mit »weiß« geputzt. Wohl, damit gleich auf den ersten Blick klar war, daß sich im Kinderwagerl leider kein »Stammhalter« befand!

Dann folgten die Jahre des »Hängers«. Kurze Passe, angekrauster Rock, meistens mit Puffärmeln und Bubikragen bestückt.

Ab der Taferlklasse ward man in Kleider mit »Leib« gesteckt. Der Leib reichte bis zur Taille oder auch eine Handbreit drunter oder drüber, je nachdem, ob man ins Kleid erst »reinwachsen« mußte oder bereits »drausgewachsen« war.

Wurde man Teenager, was Backfisch hieß, war man in einem Übergangsstadium, textilmäßig im »Niemandsland«. Was man trug, hing von den Müttern ab. Die einen ignorierten töchterliches Heranwachsen und zwangen Backfische weiter ins Leib-Kleid, auch wenn sprießende Formen den brustabnäherlosen Leib zu sprengen drohten. Andere hielten die Zeit für den Faltenrock reif. Wochentags kariert, sonntags dunkelblau. Ab Tanzschulalter, das mit 16 einsetzte, ging man nahtlos zur »Frauen-Mode« über. Dann war erlaubt, was »die Saison« befahl. Jährlich eine neue Rocklänge etwa, wobei die im Abstand vom Boden zum Rocksaum angegeben war! Es wurde also auf Gesamt- und Beinlänge der Frau keine Rücksicht genommen, wodurch manchen Damen der »aktuelle« Kittel bis zur halben Wade, manchen bis zu den Knöcheln reichte. Es gab auch pro Saison eine »Linie«, symbolisiert durch Buchstaben wie A, Y, X oder T, und die Figur hatte sich dem Buchstaben anzupassen. T war: Schultern breit, drunter schmal. Y war: Breiter Oberleib, von der Taille an schmal. X war: Enge Taille, Schultern und Hüften breit. A war: Vom Hals an wie ein Stanitzl!

War man dann um die fünfzig, mußte man vom Saisonangebot lassen und »zeitlos madamig« sein. Dann trug man statt Röcken »Schoßen«, statt Pumps »Trotteurs«, statt Pullis »englische Kostümjacken« und Hüte, Riesenkrapfen ähnlich, die Boxhiebe abbekommen hatten. Natürlich soll man dieser geregelten Textil-Zeit nicht nachtrauern, aber eins ist wahr: Des stolzen Gefühles, das unsereiner hatte, wenn er vom »Hänger« in den »Leib« wechseln durfte, gehen Kinder heute verlustig.

Keine »Schoß« tragen zu müssen entschädigt dafür aber Jahrzehnte später bei weitem.

Sehnsucht nach Brabantern!

Die Zeitschriften, deren Anliegen es ist, die Durchschnittsköchin zur 2-Hauben-3-Sterne-Meisterin zu machen, bringen im Dezember seitenweise Bilder wunderbarer Kekserln; natürlich auch zugehörige Rezepterln. Weihnachtliche Stimmung überfällt einen, sieht man die Tabletts voll winziger Köstlichkeiten. Wer nur einen Hauch Küchenneigung in sich hat, verspürt da sofort den Drang, ans Werk zu gehen; vor allem, weil der Text zu den Fotos sagt, es sei »kinderleicht«, die Dinger wie abgebildet hinzukriegen.

Bescheiden, wie man ist, will man eh nicht alle 25 Sorten backen. Wär' aber gelacht, hätte man nicht wenigstens für eine, zwei, drei davon Zeit!

Neben der Computer-Tastatur, auf der ich diesen Beitrag tippe, liegt ein aufgeschlagenes »Kochjournal«. Ovale, rosa glasierte, mit Marmelade gefüllte Kekse lachen mir zu, so oft ich nach links schiele. Ein dünnes, weißes Streiferl

ziert die Glasur, das wiederum zieren zwei Tupferln. »Brabanter« heißen diese Kekse, und die Lust, mich nach Beendigung dieser Zeilen ans Erzeugen der Brabanter zu machen, wächst in mir. Soll ich ihr nachgeben?

Gute Frau, sage ich mir, du hast keinen ovalen Ausstecher, sicher haben auch die Geschäfte in der Nähe keinen! Du wirst ewig herumrennen und die Brabanter dann doch stinknormal rund ausstechen müssen. Zudem weißt du, sage ich mir, daß du mit Keksen, bei denen je zwei mit Marmelade zusammengepickt werden, Probleme kriegst. Weil deine Kekse beim Backen nicht flunderplatt bleiben, sondern sich leicht zu wölben belieben und gern etwas aus der Fasson geraten; wodurch kaum zwei ganz gleich ausfallen, daher auch nicht perfekt aufeinanderpassen. Du weißt auch, sage ich mir, daß es dich ins Seelentief bringt, wenn du zwei windschief mit Marmelade verklebte Kekse auf einer Gabel aus der Glasur balancierst und das tropfende Keksexemplar von dieser rutscht und auf der »Butterseite« landet. Und aus einem winzigen Papierstanitzl hauchdünne Streifen Zitronenglasur exakt quer über Kekse zu ziehen, ist dein Talent schon gar nicht; selbst wenn du auf die zwei artigen Tupferl verzichtest!

Nun, das habe ich mir alles gesagt, und jetzt eile ich von dannen, um nach dem ovalen Keksausstecher zu fahnden. Ist doch nett, wenn einem, aller Lebenserfahrung zuwider, die Hoffnung geblieben ist, einmal werde schon ein Jahr kommen, in dem man die Weihnachtkekserln perfekt hinkriegt!

Ein Reserve-Schal

Na, gute weihnachtlich freudig gestreßte Leserinnen und Leser, haben Sie schon alles brav beinand? Einkaufsliste für das Festmahl, Christbaum, Geschenke und Papier, um selbige einzupacken, Kerzen, Fransenpapier, Lametta? (Falls Sie das noch nicht haben, lassen Sie es bleiben, es ist ohnehin ein Umwelt-Sünder.)

Und die Rechnungen, die Sie beim Einkauf der Geschenke erhielten, sind die auch griffbereit? Könnte ja sein, daß Ihnen ein »langes Gesicht« am Heiligen Abend nahelegt, dem Träger der sauren Miene die Rechnung zwecks Umtausch auszuhändigen.

Wie meinen? Solch selbstverständliche vorbereitende Maßnahmen muß man Ihnen nicht raten? Alles erledigt, alles unter weihnachtlich Dach und Fach? Und wie steht's um Reserve-Geschenke? Oder gehören Sie zur Minderheit der Glücklichen, die sich völlig im klaren sind, wer ihnen etwas schenkt und wer nicht?

Ich gehöre leider nicht dazu. Es gibt nämlich »Spontan-Schenker«. Meine Freundin Olga etwa. Eigentlich ist zwischen uns abgemacht, daß wir einander nichts schenken. Aber falls Olga vor Weihnachten in einer Auslage den Stift sieht, den ich Tage vorher in der Hand eines Menschen bewunderte, und falls sie genug Geld hat, ihn zu bezahlen, kauft sie ihn für mich; trotz Abkommens. Da sie aber nicht jedes Jahr vor Weihnachten etwas sieht, von dem sie weiß, daß ich es mag, oder weil sie nicht genug Geld hat, gibt es auch Jahre, wo sie das Abkommen hält. Und da sie Überraschungen liebt, informiert sie mich nicht, in welchem Jahr wir gerade sind.

Und ich sehe es ihr ja an, daß sie dann enttäuscht ist, wenn sie mir etwas überreicht, aber ich mit leeren Händen dastehe. Also tut stets ein »Reserve-Packerl« für Olga not. Schwierig ist da allerdings das richtige Einschätzen. Man will ja halbwegs »gleich« geben. Kriege ich einen Topflappen, wär's direkt peinlich, ihr ein Dior-Parfum zu überreichen. Ebenso peinlich, wenn ich von ihr den tollen Hut kriege und im Reserve-Packerl nur Essig-Zwetschken sind.

Also tun drei Reservepackerln not, mit preislich divergierenden Inhalten. Daß dann zwei davon keinesfalls an Olga gehen und jedes zweite Jahr alle drei nicht, macht kaum etwas. Es stellen sich bei mir regelmäßig noch andere Schenker ein, die ich, im Streß vorfestlicher Erledigungen, total vergessen hatte. Und so habe ich dann auch immer ein Geschenk für diese lieben Leute. Und sei's auch nur ein Topflappen für Großonkel Albert!

Gute Vorsätze

In »jüngeren Jahren« hegte ich die optimistische Meinung, aus mir könne durch braves Training eine Frau werden, die genau weiß, »wohin das Geld kommt«, welches sie und ihr Mann verdienen. So erstand ich jedes Jahr am 2. Januar (falls das ein Sonntag war, am 3.) ein dickes Heft, schrieb auf den Umschlag »Haushaltsbuch« und versah die Seiten mit Längslinien, um Rubriken für diverse Ausgaben wie Essen, Kleidung, Vergnügen, Miete, Licht & Gas zu erhalten. Die letzte Rubrik übertitelte ich »Sonstiges« und trug gleich ein: Haushaltsbuch.

Dabei beließ ich es dann aber. Abgesehen von der Ersteintragung blieb das Heft in jungfräulichem Zustand bis zum nächsten Silvester, um dann durch ein neues ersetzt zu werden. Natürlich hätte ich nicht jedes Jahr ein Heft kaufen, sondern nur die Jahreszahl auf dem Umschlag ändern und die Ausgabe fürs Heft streichen müssen. Aber es nimmt sich übel aus, beim Fassen eines guten Vorsatzes mit der Nase drauf gestoßen zu werden, daß man eben diesen Vorsatz voriges Jahr nicht einmal 24 Stunden zur Tat machte.

Dann kam plötzlich ein gnadenvoller Neujahrsmorgen, an dem ich endlich den guten Vorsatz faßte, keine guten Vorsätze mehr zu fassen, die meiner Natur und meinem Charakter zuwider laufen. Ich hatte also endlich meinen Frieden mit mir gemacht. Und, ohne mich als Lebensberaterin aufspielen zu wollen, würde ich auch Ihnen, verehrte Leserinnen und Leser, dieses anraten.

Ich meine nicht, man solle sich selbstzufrieden im Glanze all seiner charakterlichen Mängel und Unzulänglichkeiten räkeln. Aber – sei's bei Kleinigkeiten wie einem Haushaltsheft, sei's bei wichtigeren Dingen – wer mit Erfolg »an sich arbeiten« will, möge sich in die Richtung bemühen, in der man seine Talente und Begabungen vermutet. Sich zu »vergewaltigen« bringt – außer viel Frust – rein gar nichts.

Jeder Mensch hat Fehler und Schwächen. Wenn er dafür zum Ausgleich reichlich Tugenden und Stärken hat, reicht das ja wohl ... fürs kommende Jahr ... und für den Rest des Lebens auch! Und wenn Sie mit jemandem zusammenleben, der Sie dauernd drängt, »widernatürliche« Vorsätze ins Auge zu fassen, bleiben Sie hart, sagen Sie sich: Nobody is perfect!

Und jemand, der von Ihnen etwas verlangt, was Ihnen überhaupt nicht liegt, der ist schon überhaupt nicht »perfect« und sollte besser an sich selbst »arbeiten«, als an Ihnen herumzumäkeln!

Ende

Christine Nöstlinger im dtv

»Der Mensch soll sich nicht allzu ernst nehmen und über sich selbst lachen können!«

Haushaltsschnecken leben länger
Mit Illustrationen von Christiana Nöstlinger
ISBN 978-3-423-20226-8
und dtv großdruck
ISBN 978-3-423-25249-2
»Wenn Sie über Ihre eigenen Verhaltensweisen und über die Ihrer Umwelt Genaueres wissen wollen, dann lesen Sie die ›Haushaltsschnecken‹.«
(Österreichischer Rundfunk)

Mein Tagebuch
dtv großdruck
ISBN 978-3-423-25214-0

Streifenpullis stapelweise
Mit Illustrationen von Christiana Nöstlinger
ISBN 978-3-423-11750-0

Salut für Mama
Mit Illustrationen von Christiana Nöstlinger
dtv großdruck
ISBN 978-3-423-25266-9

Management by Mama
Mit Illustrationen von Christiana Nöstlinger
dtv großdruck
ISBN 978-3-423-25177-8

Mama mia!
Mit Illustrationen von Christiana Nöstlinger
ISBN 978-3-423-20132-2
und dtv großdruck
ISBN 978-3-423-25267-6

Best of Mama
Ausgewählte Geschichten
Mit Illustrationen von Christiana Nöstlinger
ISBN 978-3-423-20626-6
»Ihre Beobachtungen aus dem Alltag treffen ins Schwarze, zeugen von Lebenserfahrung.«
(Neue Luzerner Zeitung)

Werter Nachwuchs
Die nie geschriebenen Briefe der Emma K., 75
ISBN 978-3-423-20049-3

Liebe Tochter, werter Sohn!
Die nie geschriebenen Briefe der Emma K., 75
Zweiter Teil
ISBN 978-3-423-20221-3

Bei dtv junior sind zahlreiche Kinder- und Jugendbücher von Christine Nöstlinger lieferbar.

Bitte besuchen Sie uns im Internet: www.dtv.de